Marie Bullock

Just Deserts

-

Schattenspiele

von Schikanen

Kriminalroman

Just Deserts

-

Schattenspiele von Schikanen

Die Handlungen und Personen in diesem Roman sind frei erfunden. Jede Ähnlichkeit mit lebenden, realen Personen ist zufällig.

Copyright © 2025 Marie Bullock
Foto: © Dr. Thomas Uttich
Verlag: BoD · Books on Demand GmbH,
Überseering 33, 22297 Hamburg, bod@bod.de
Druck: Libri Plureos GmbH, Friedensallee 273,
22763 Hamburg
Printed in Germany
ISBN-Paperback: 978-3-7693-5220-7

Bibliographische Information der Deutschen Nationalbibliothekt:
Die Deutsche Nationalbibliothek verzeichnet diese Publikation in der Deutschen Nationalbibliografie; detaillierte bibliografische Daten sind im Internet über http://dnb.d-nb.de abrufbar.

Inhalt

Kapitel 1

Hermann fand sein Handy nicht sofort. Es lag nicht an seinem gewohnten Platz neben dem Computer, worauf er die Rechnungen für seine zahlreichen Nebenjobs schrieb. Hier endlich, auf dem Couchtisch vibrierte es.
„Hallo. Ja? Ja, ich kann's Ihnen machen, unter der Hand versteht sich." Er lächelte. Wieder extra Kohle in die Haushaltskasse. Damit konnte man so einiges bewerkstelligen. Vielleicht ein Angel-Wochenende mit seinen Kumpanen, mit viel Bier und Wein – vielleicht auch mit ein bisschen Weib und Gesang. Man musste seiner Ehefrau ja nicht alles erzählen. „Am besten Sie kommen nächsten Samstag nach Glattfelden zu mir nach Hause. Dort kann ich Ihr Auto in meiner Garage reparieren. Aber bitte kommen Sie mit Bargeld." Nachdem er dem unbekannten Anrufer die Adresse buchstabiert hatte, drückte er auf den roten Auflege-Knopf. In seinem Tresor im Schlafzimmer häuften sich die Banknoten. Seit dem letzten Angelausflug im Frühling hatte er wohl schon 5 000 Euro verdient, was ein gutes Zubrot zu seinem Gehalt in der Kfz-Werkstätte im nahegelegenen Einbergen darstellte. Doch vielleicht musste er das Geld dieses Mal für etwas anderes sparen. Er seufzte. Warum tat Gott ihm das an? Oder war es der Teufel? Sein älterer Sohn Alex mochte Männer – keine Frauen. Er hatte darüber mit dem ortsansässigen Pfarrer gesprochen und dieser hatte ihm empfohlen, seinem Sohn eine Konversionstherapie vorzuschlagen. Daraufhin hatte Hermann die Hotline seiner Krankenkasse angerufen, um sich zu erkundigen, ob diese die Kosten dafür übernahm. Man verneinte es und schlug

dafür *ihm* eine Psychotherapie vor, um mit der Realität besser umgehen zu können, wie es die nicht ganz so freundliche Dame am Telefon formulierte. Was fiel der überhaupt ein? Mit dieser Realität hatte nicht er umzugehen, im Gegenteil, die Realität musste mit ihm umgehen, also verändert werden. Und dies musste schnell gehen, denn es wurde gemunkelt, dass die Politik Konversionstherapie verbieten wollte. Diese Linken hatten die ganze Gesellschaft mit ihrem Liberalismus versifft. Wenn es nach ihm ginge, wäre Homosexualität noch genauso verboten wie in den fünfziger Jahren des letzten Jahrhunderts. Vielleicht würde dies Alex zur Vernunft bringen. Er ging in die Küche und vermerkte für den sechsten Juli 2019, Samstag: „14 Uhr, Reparatur, Pfeifen im Motor." Wie hieß der Mann eigentlich? Egal, die Telefonnummer musste noch im Handy sein. Er klickte auf die Anrufliste seines Smartphones, neben dem letzten Anruf stand jedoch „Anonym – Unbekannt".

Am Samstag ging er sofort nach dem Mittagessen, bei dem neben seiner Frau Silke auch sein jüngerer Sohn Thomas zugegen war, in die Garage. Alex kam in letzter Zeit selten zu Besuch. Anders als Thomas lebte er nicht mehr zu Hause, sondern in einer Studenten-WG in München. Hermann nahm das Werkzeug, das er wohl brauchen würde, aus dem metallenen Schrank. Als er ein Motorengeräusch hörte, legte er den Drehmomentschlüssel, den er gerade mit einem Tuch abwischte, auf den Boden und ging zum Gartentor. Der Schweiß lief ihm über die Stirn, denn unter dem wolkenlosen Himmel hatte es sommerliche Temperaturen von fast 30 Grad. Ein roter Toyota Starlet war vorgefahren, wahrscheinlich Baujahr 1990. Am Steuer saß ein Mann mit fast kahlrasiertem Kopf. Er trug eine dunkle

Sonnenbrille. Als er ausstieg, fiel Hermann auf, wie dünn er war. Ein weißes, zu weites T-Shirt schlackerte um seinen ausgemergelten Körper, eine ausgewaschene Jeans mit Löchern an den Oberschenkeln hing über einen nicht vorhanden zu sein scheinenden Po. Auf seinem rechten Unterarm schlängelte sich eine Kobra, dazwischen konnte man eine nackte Frau und einen Adler mit ausgebreiteten Flügeln sehen. War das auf dem linken Arm ein Totenkopf? „Hallo, sind Sie Herr Schepers?", fragte der Mann in einem seltsamen Singsang. Er hatte doch hoffentlich nicht getrunken. „Ja, der bin ich", sagte Hermann und versuchte, hinter den schwarzen Brillengläsern die Augen des Kahlgeschorenen zu entdecken. „Sie sind also der Herr, den ein komisches Pfeifen im Motor stört. Wie Sie da hergefahren sind, hab ich aber nix gehört."

„Ja, komisch. Manchmal ist es da und manchmal ist es auch nicht da." Ein seltsames Gackern ließ auf ein verlegenes Lachen schließen.

„Fahren Sie erst einmal rein." Hermann öffnete das Gartentor, der Mann stieg wieder in den Wagen und fuhr im Schritttempo in die Garage. Als er ausstieg, hatte er eine Zigarettenschachtel in der Hand. Hermann runzelte die Stirn. Der wollte doch hoffentlich nicht in der Garage rauchen. „Ich lass Sie einfach machen. Ich geh vor die Tür und paff eine, während Sie arbeiten", sagte der seltsame Mann. Na Gott sei Dank. Kunden zurechtzuweisen, war immer unangenehm.

Doch manchmal musste es sein.

„Gut. Dann fang ich mal an", sagte Hermann und ging zur Motorhaube. Er vertiefte sich in die Motorhaube des Autos, um den Grund für das Pfeifen ausfindig zu machen. Deshalb hörte er nicht das Klicken der seitlichen Tür, die die Garage mit dem Wohnhaus verband. Die Garage bestand aus Holz, weil sie in den Generationen vorher als Kuh- und

Schweinestall für den damaligen Selbstversorgerhof gedient hatte. Das Licht war angeschaltet und darum fiel ihm auch nicht auf, dass das Garagentor langsam zuging. Erst als es laut ins Schloss fiel, sah er auf. Was war das? Er legte die Spitzbackenzange weg, putzte sich die Hände mit einem Tuch ab und ging zum Garagentor. Er rüttelte daran, um zu prüfen, ob es wirklich abgeschlossen war. Was sollte das? Hatte Thomas vergessen, dass sein Vater heute in der Garage arbeitete, und das Tor verriegelt? Er ging zur Verbindungstür, aber auch diese ließ sich nicht öffnen. Plötzlich roch er etwas Verbranntes … und irgendwie Benzin … Innen vor dem Garagentor sah er dunkle Flecken … Davor stand etwas geschrieben, in gelber Kreide: „Mei, bist du greislich." Was?! Hatte er Halluzinationen? Auf einmal sah er Flammen aus der einen Wand züngeln. Mein Gott, er musste hier raus! Er lief noch einmal zur Verbindungstür, dann zum Garagentor, aber alles Rütteln half nichts. Er versuchte den Knopf nach links zu schieben, was sonst immer die Garagentür aufgemacht hätte, doch dieser Knopf war nicht mehr da. „Hilfe, mach die Tür auf, Silke, komm, hilf mir.", schrie er. Dann griff er in seine Hosentasche, wo sich üblicherweise das Handy befand, erinnerte sich jedoch sogleich, dass er es auf dem Esstisch liegen lassen hatte und erst holen wollte, wenn er die Garage vorbereitet hatte. Doch der Besuch war zu früh gekommen. Irgendwann sah er nur noch Rauch … und dann wurde es schwarz.

Kapitel 2

Am Montagmorgen klingelte das Telefon in Fumi Geigers Büro in Aschfurt bei München. Sie hatte die Privatdetektei von ihrem Mann übernommen, als er einen Posten als Kriminalkommissar bei der Polizei gefunden und sich kurz nachher von ihr scheiden lassen hatte, weil er dem Charme einer Kollegin erlegen war. Da es in ihrer Ehe schon lange gekriselt hatte, war es für Fumi keine besondere Überraschung gewesen. Sie hatte schon vorher als Assistentin ihres Mannes in der Detektei mitgearbeitet und war mit dieser Arbeit bestens vertraut. Mittlerweile war sie zusammen mit zwei freien Mitarbeitern – nämlich einem ehemaligen Türsteher und einer jungen Studentin - seit drei Jahren erfolgreich auf dem Markt vertreten, ließ aber auf der Firmenwebseite ihren Vornamen weg, um durch den exotischen Klang keine potentiellen Kunden abzuschrecken. Da sie als Kind japanischer Eltern in Deutschland aufgewachsen war – ihr Vater war bei BMW Ansprechpartner für Gemeinschaftsprojekte mit japanischen Firmen gewesen -, sprach sie akzentfrei Deutsch. Im Moment beschäftigte sie auch einen Vollzeit-Praktikanten namens Felix, sehr gutaussehend, vielleicht *zu* gutaussehend, der gerade die Ausbildung für Privatermittler absolvierte. Den Türsteher Simon rief sie immer dann an, wenn der Einsatz gefährlich wurde und sie einen starken Mann brauchte. Die attraktive, junge Verena ließ sich gut als Venusfalle einsetzen. Da Fumi jedoch in letzter Zeit diese Qualität für ihre Fälle wenig gebraucht hatte, ließ sie Verena hin und wieder die Buchhaltung machen. Fumi klickte auf den Annehmen-Knopf.

„Grüß Gott, mein Name ist Silke Schepers. Ist hier das Detektivbüro Geiger?" Die Stimme am anderen Ende war kaum zu hören.

„Ja, ich bin Fumi Geiger. Wie kann ich Ihnen helfen?"

„Sie sind der Privatdetektiv?"

„Ja, ich bin die Privatdetektivin." Viele Leute waren überrascht, dass sie eine weibliche Stimme hörten. Es gab noch nicht so viele Privatdetektivinnen. Und noch weniger Japanerinnen, die als Privatdetektivinnen arbeiteten.

„Ich ... ich brauche Ihre Hilfe."

„Worum geht es?", fragte Fumi.

„Also, also … es ist so." Die Anruferin schien erst ihre Gedanken sammeln zu müssen. „Also, mein Mann liegt im Krankenhaus mit schweren Brandwunden. Er hat sich gerade in einem Holzhaus aufgehalten, also in unserer Garage, wo er ein Auto repariert hat." Sie stockte einen Moment, fasste sich aber gleich wieder und sprach mit tränenerstickter Stimme weiter: „Dann… dann hat es angefangen zu brennen und er konnte nicht raus, weil alle Türen abgesperrt waren. Ich war in der Küche und hab abgespült. Die Küche ist auf der anderen Seite vom Haus und ich hab es zuerst nicht mitbekommen. Dann hab ich was gerochen und bin zur Garage gerannt. Aber ich hab keine der beiden Türen aufmachen können."

„Wissen Sie, wer die Türen abgesperrt hat?", fragte Fumi.

„Nein. Deshalb rufe ich Sie ja an."

„Haben Sie die Polizei gerufen?"

„Ja, gleich nachdem die Feuerwehr gerufen wurde, aber die tut nicht viel. Die glauben mir nicht, dass jemand Fremdes die Türen abgesperrt hat. Also, die meinen, entweder war er unaufmerksam oder … tja, das ist der Hauptgrund, warum ich mich an Sie wende: Sie verdächtigen mich oder meinen Sohn, der noch bei uns wohnt."

„Verstehe."

„Unglaublich. Ich bin echt verzweifelt, weil ich wirklich nichts gemacht habe. Mein Mann ist schwer verletzt im Krankenhaus – und mir und meinem Sohn wird noch mit Gefängnis gedroht. Meine Anwältin meinte nun, dass es sinnvoll wäre, einen Privatdetektiv hinzuzuziehen, weil sie nur darauf pochen kann, dass es nicht genügend Beweise für unsere Schuld gibt. Den Fall kann sie jedoch nicht lösen." „Dann kommen Sie bitte bei mir vorbei. Wann haben Sie Zeit?" Fumi zog den Fotokalender, in den sie ihre Termine schrieb, näher zu sich heran. Natürlich trug sie diese auch in die Kalender-App ihres iPhones, doch schriftliche Aufzeichnungen stellten bessere Beweise dar, falls sie selbst im Trubel einer Untersuchung einmal wirklich verschwinden sollte. Dann hätte die Polizei einen Anhaltspunkt.

„Das ist egal. Ich kann auch schon heute Nachmittag zu Ihnen kommen", erwiderte Frau Schepers.

„Morgen passt es mir besser. Haben Sie um zehn Uhr Zeit?"

„Ja, morgen Vormittag geht es. Ihre Adresse ist Gambacher Straße 42 in Aschfurt, oder?" Man hörte ein Schniefen.

„Das ist richtig. Wir sehen uns morgen."

Freitagvormittag um fünf vor zehn klingelte es. Fumi öffnete die Tür ihres Büros. Vor ihr stand eine Dame mit braunen Haaren, einer schlichten blauen Jacke und einem schwarzen Rock. Fumi schätzte sie auf ein paar Jahre älter als sie selbst, um Mitte 40.

„Grüß Gott. Mein Name ist Silke Schepers", sagte die Frau, während sie sich ein zerknülltes Taschentuch vor den Mund hielt. Ihre Augen sahen geschwollen aus. Sie sah kurz auf, als sie Fumis Gesicht sah, das momentane Staunen der Kunden, während ihr Gehirn Fumis von pechschwarzen, schulterlangen Haaren umrahmtes Gesicht mit ihrem akzentfreien, perfekten Deutsch kombinierte – aha, wahrscheinlich zweite Generation in Deutschland oder adoptiert – dieses sekundenlange Schweigen war Fumi längst gewohnt.

„Guten Tag. Ich bin Fumi Geiger. Bitte kommen Sie doch rein." Mit einer Handgeste zeigte Fumi ihr, dass sie auf dem schwarzen Ledersofa Platz nehmen sollte.

„Tee oder Kaffee?", fragte Fumi.

„Tee, bitte", antwortete Frau Schepers leise. Sie setzte sich und strich ihren Rock zurecht. „Felix, bringst du mir bitte Tee?", rief Fumi zum Nebenzimmer. „Ja, sofort", ließ sich eine junge Männerstimme vernehmen.

„Dann erzählen Sie bitte." Sie setzte sich auf einen Sessel gegenüber ihrer potentiellen Kundin, und nahm ihr Notizheft, um sich die wichtigsten Informationen aufzuschreiben. Sie hatte es zwar einmal mit der Notiz-Apps ihres Handys versucht, was ihr jedoch zu unpraktisch war. So notierte sie alles noch immer auf die altmodische Weise. Felix dagegen tippte jegliche Informationen in sein Smartphone.

Dieser kam mit einem Tablett zur Tür herein, auf dem zwei blaue Teetassen und eine Teekanne standen. Vorsichtig stellte er es auf dem kleinen Couchtisch ab. „Das ist mein Assistent. Er absolviert gerade die Ausbildung zum Privatdetektiv und für drei Monate macht er bei mir ein Praktikum", stellte Fumi Felix vor.

„Guten Tag", sagte er und hielt Frau Schepers die Hand hin. Sie ergriff sie kurz und murmelte ebenfalls eine Begrüßung. Felix hatte braune leicht gewellte Haare, grün-braune Augen und ein schön geschnittenes Gesicht. Nur die Nase war etwas zu groß geraten, da er jedoch stolze ein Meter neunzig und einen athletischen Körperbau aufwies, tat dies seiner Attraktivität keinen Abbruch. Eigentlich war er gewöhnt, dass Frauen ihm bei der ersten Begegnung einen etwas längeren, bewundernden Blick zuwarfen, aber alle, die hier ankamen, hatten so viel Kummer auf dem Herzen, dass sie ihn regelrecht ignorierten.

„Wenn es Ihnen nichts ausmacht, wird Felix hierbleiben und sich ihre Geschichte ebenfalls anhören. Dann brauche ich ihm nicht alles zu erzählen."

„Ja, schon gut. Es war so", begann Frau Schepers und griff nach der angebotenen Teetasse. „Mein Mann – er heißt Hermann – ist Kfz-Mechatroniker. Normalerweise arbeitet er in Einbergen in einer Werkstatt. Aber am Wochenende repariert er Autos für Freunde und Bekannte zu Hause in Glattfelden. Das macht er in einer alten Holzgarage neben unserem Haus. Letzten Sonntagnachmittag hat er ein Auto für irgendwen repariert, ich weiß nicht für wen, wahrscheinlich für einen Bekannten. Wie gesagt, ich war gerade in der Küche weit weg davon." Während sie sprach, drückte sie das Taschentuch in ihrer Hand unablässig, als wollte sie eine Zitrone auspressen. Stockend sprach sie weiter. „Mein Küchenfenster war gekippt. Plötzlich hat es komisch gerochen – irgendwie verbrannt. Zuerst … zuerst dachte ich, der Herd wäre noch eingeschaltet und etwas brennt dort an, doch dann hab ich Hermann schreien hören. Ich bin - also - ich bin zur Garage gerannt und dann seh ich Flammen da … da rauskommen. Ich wollte die Tür aufmachen, also die zur Garage, aber die Tür war abgesperrt. Dann bin ich aus der Haustür zum Garagentor gelaufen, und das war wegen einer regelrechten Feuersbrunst kaum mehr zu sehen."

„Ist da kein Fenster?", fragte Fumi, während sie schnell in ihr Notizheft schrieb.

„Doch, aber dort am Fenster hat es auch schon total gebrannt. Ich hab die Feuerwehr gerufen und einen Hammer gesucht, um die Verbindungstür einzuschlagen. Währenddessen hat mein Nachbar, der Walter, versucht, die Tür aufzukriegen, indem er sich dagegen geworfen hat, aber es hat nicht funktioniert." Sie weinte leise in ihr Taschentuch, wischte sich dann mit der Hand über die Augen und sprach weiter. „Es war zu spät. Ich hab endlich den Hammer gefunden, im Keller, im Hobbyraum von meinem Sohn Thomas – der ist auch runtergelaufen, weil er von dem ganzen Tohuwabohu aufgeschreckt worden ist -, doch die Tür hat dann auch schon lichterloh gebrannt. Währenddessen hat der Walter die Feuerwehr gerufen." Frau Schepers zuckte kurz zusammen, weil Felix sein Handy fallen ließ und dieses mit einem Knall auf dem Laminat-Boden aufschlug. Er nuschelte „Entschuldigung". „Dann ist die Feuerwehr gekommen und hat das Feuer gelöscht", fuhr sie fort. „Sie haben Hermann auf der Krankenbahre rausgetragen." Frau Schepers Redefluss wurde schneller. „Ich hab gefragt: Lebt er noch? Ein Feuerwehrmann hat geantwortet: 'Ja, aber er muss schnell ins Krankenhaus. Wir warten jetzt auf einen Helikopter'. Dann haben sie ihn in ein Spezial-Krankenhaus geflogen. Die Ärzte sagen, er wird wohl weiterleben, zumindest glauben sie es mit Vorbehalt, doch er wird so aussehen wie Niki Lauda." Sie seufzte.

„Ist Ihr Mann bei Bewusstsein?"

„Nein, sie mussten ihn in ein künstliches Koma versetzen." Frau Schepers ließ den Kopf hängen.

„Sind Sie sicher, dass es Brandstiftung war?", fragte Fumi.

„Ihr Mann hat nicht geraucht und die Zigarette fallen lassen?"

„Nein, mein Mann raucht nicht. Ich bin mir sicher, dass die Garage angezündet wurde."

„Wie sah denn der Mann oder die Person aus, die das Auto zum Richten gebracht hat? Haben Sie da irgendwen gesehen?", fragte Fumi, ohne von ihrem Notizheft aufzusehen.

„Das war ein komischer Typ. Ich hab kurz aus dem Fenster geschaut, als ich die Stimme von meinem Mann gehört habe, weil der Kunde so komisch gesprochen hat. Das hat sich irgendwie so wie Lallen angehört. Und aufgefallen ist mir, dass seine beiden Arme tätowiert waren. Scheußlich."

„Können Sie sich an die Tätowierungen erinnern?"

„Mir ist nur eine nackte Frau aufgefallen, widerlich, sonst waren die Arme einfach zutätowiert. Ich konnte keine Haut mehr erkennen."

Fumi notierte sich 'Tatoo einer nackten Frau' und erkundigte sich dann nach der Haarfarbe.

„Der hatte keine Haare. Er war kahl rasiert, man hat nur Stoppeln gesehen. Und die Stoppeln waren eher hell, also blond. Und eine dunkle Sonnenbrille hat er getragen."

„Hat Ihr Mann irgendwelche Feinde?", fragte Fumi.

„Ich glaube nicht."

„Wie sind Sie sich dann so sicher, dass es Brandstiftung war?"

Frau Schepers zögerte kurz. „Na ja, er ist manchmal nicht so nett zu anderen. Er wird leicht wütend."

„Dann könnte er also Feinde haben?"

„Also, Feinde ist ein starkes Wort."

Fumi war verwirrt. Sie hatte das Gefühl, dass die Frau ihr nicht alles mitteilte, was sie wusste. Sollte Fumi fragen, ob die Ehe glücklich war? Wie kam die Polizei zu ihrem Verdacht? Nein, besser erst einmal unverfängliche Fragen stellen. „Wie lange sind Sie schon verheiratet?"

„Fast zweiundzwanzig Jahre."

„Haben Sie Kinder?"

„Ja, zwei Söhne, sechzehn und achtzehn Jahre alt."

„Was machen die beiden beruflich? Gehen sie noch zur Schule?"

„Was hat das denn mit dem Brand zu tun?"

„Ich möchte mir erst einmal ein umfassendes Bild über Ihre Familiensituation machen. Dann hab ich mehr Anhaltspunkte für mögliche Verdächtige. Sie wissen schon, enttäuschte Freunde und so was." Fumi setzte ihr liebevollstes Lächeln auf.

„Thomas, der Sechzehnjährige, geht noch aufs Gymnasium, Alex, der Achtzehnjährige, studiert schon Jura. Er ist hochbegabt." Sie lächelte stolz durch die Tränen in ihren Augen hindurch. „Ich weiß auch nicht, woher er die Intelligenz hat. Hermann und ich waren nicht so gut in der Schule."

„Und Ihr Mann und seine Söhne, wie ist da das Verhältnis?"

„Eigentlich schon ..." Sie zögerte wieder und sah auf ihre Handtasche.

„Bitte geben Sie mir so viele Informationen wie möglich",

sagte Fumi nun etwas bestimmter.

„Sie wollen doch nicht sagen, dass meine Söhne das Feuer gelegt haben!" Ihr vorher noch verzweifelter Gesichtsausdruck wechselte in eine angewiderte Grimasse über.

„Meine Fragen sind reine Formalitäten. Je mehr ich weiß, desto schneller kann ich den Täter finden", sagte Fumi freundlich. „Bitte erzählen Sie mir von Ihrer Familie." Felix umklammerte schweigend sein Mobiltelefon, lächelte jedoch ebenfalls aufmunternd.

Frau Schepers seufzte, öffnete den Mund, als ob sie etwas sagen wollte, aber es kam nichts. Fumi zog die Augenbrauen hoch.

„Mein Sohn Alex ist homosexuell", sagte die Besucherin schließlich mit etwas zu schriller Stimme. „Ich kann das selbst nicht glauben. Deshalb sind wir sehr unglücklich. Mein Mann und Alex haben sich oft gestritten." Sie suchte ein frisches Taschentuch in ihrer Handtasche, nachdem sie das gebrauchte dort hineingesteckt hatte, und hielt es sich an die Nase. Tränen liefen ihr übers Gesicht. „Sie müssen wissen, wir sind katholisch. Für uns ist das eine Krankheit."

„Eine Krankheit?" Fumi zog die Augenbrauen noch höher, so dass ihre ganze Stirn in Falten lag.

„Hermann hat Alex gesagt, er soll eine Konversionstherapie machen, also eine Therapie, dass er Frauen mag."

„Davon habe ich schon gehört. Das ist mit Hormonen, oder?"

„Ich weiß es auch nicht so genau. Auf jeden Fall gibt man den Patienten etwas, damit der Körper … ähm … also damit der Körper sexuell anders reagiert."

Sie sagte ‚Patient'. Sie glaubte wirklich, dass Homosexualität etwas Krankhaftes war.

„Hat Ihr Mann Geschwister?"

„Ja, er hat einen Bruder. Er lebt in Moosberg hier in der Nähe von Aschfurt. Aber die beiden verstehen sich leider auch nicht so."

„Ist Ihr Mann der ältere oder der jüngere?"

„Hermann ist der ältere, Edmund der jüngere. Hermann und Edmund reden seit Jahren nicht mehr miteinander."

In dieser Familie war ja einiges kaputt. „Warum haben sie keinen Kontakt mehr zueinander?", fragte Fumi und kritzelte weiter in ihr Heft.

„Also, Sie müssen wissen, mein Schwiegervater, der bei uns lebt, möchte nicht, dass unser Haus geteilt wird. Deswegen hat er Hermann das ganze Haus als Schenkung vermacht. Und das hat Edmund so wütend gemacht, dass er jetzt nicht mehr mit uns spricht, auch nicht mit seinem Vater."

„Edmund hat den Kontakt zur ganzen Familie abgebrochen?" Fumi schaute auf.

„Leider ja." Sie seufzte.

„Kann Hermanns Bruder das Feuer gelegt haben?"

„Was? Sie meinen doch nicht … Nein, das kann ich mir nicht vorstellen!" Nachdenklich sah sie auf den Boden. „Oder vielleicht …?" Sie hob den Kopf. „Aber sowas macht man doch nicht mit der eigenen Familie."

„Wenn Sie wüssten, was Familienmitglieder sich alles antun", erwiderte Fumi. Nun lächelte sie nicht mehr. „Noch eine reine Routine-Frage: Hat Ihr Mann eine Lebensversicherung?"

„Nein, mein Mann bekommt hoffentlich eine gute Rente vom Staat und von der Firma – und ich auch. Ich hab früher als Krankenschwester gearbeitet. Sie meinen, wegen Berufsunfähigkeit, oder?"

„Jaa", sagte Fumi gedehnt. Was sie eigentlich meinte, war: ‚Haben Sie ein Mordmotiv, Frau Schepers?'

„Ach, da haben wir uns nie drüber Gedanken gemacht. Meinen Sie wirklich, dass Hermann nicht mehr arbeiten kann?"

„Ich hoffe das Beste für Sie", sagte Fumi. Viele glaubten,

Blut sei dicker als Wasser, sie hatte jedoch schon zwei Verdächtige: Hermanns Sohn Alex und Hermanns Bruder Edmund.

Frau Schepers blieb noch eine weitere Stunde, währenddessen sie vieles Gesagte wiederholte. Allerdings konnte Fumi erfahren, dass der herbeigeeilte Nachbar vom angrenzenden Grundstück den Fahrer des zu reparierenden Autos gesehen haben musste und das Nummernschild den Brand fast unbeschädigt überstanden hatte. So konnte sich Fumi das Kennzeichen notieren. Abschließend wurde Frau Schepers über die Kosten des Einsatzes aufgeklärt, was diese zum Kommentar verleitete: „Na, billig ist es nicht, wenn ich oder mein Sohn dafür nicht ins Gefängnis müssen, ist es das jedoch wert."

Kapitel 3

Nachdem die neue Klientin gegangen war, setzte Fumi sich an den Schreibtisch und blätterte durch die Notizen. Felix war damit beschäftigt, das Teegeschirr abzuräumen.

„Was denkst du, Felix?", fragte sie.

„Ich glaub nicht, dass Frau Schepers verdächtig ist", sagte er mit dem Tablett in der Hand.

„Woran machst du das fest?" Fumi nahm ihre Tasse davon herunter, trank den letzten übriggebliebenen Schluck und stellte das Gefäß wieder zurück.

„Sie scheint wirklich traurig über das Feuer. Es sei denn, sie ist eine gute Schauspielerin. Außerdem: Welches Motiv würde sie haben?"

„Was sind die häufigsten Motive? Was habe ich dir gesagt?"

Felix kratzte sich an der Schläfe. „Lebensversicherungen, Eifersucht und Geld?", fragte er, zog einen Mundwinkel zu einem unsicheren Lächeln nach oben und sah dabei richtig süß aus. Nächstes Mal würde sie keinen so gutaussehenden Praktikanten mehr einstellen. „Du bist 13 Jahre jünger als ich." Warum musste sie das gerade jetzt sagen? Um sich daran zu erinnern, dass dieser Mann ein No-Go für sie war? „Eine Lebensversicherung scheint es ihrer Aussage nach ja nicht zu geben," fügte Fumi zusammenhanglos hinzu. Sie fuhr sich durchs dezent gewellte Haar und dachte kurz nach. „Also, du bist viel jünger als ich. Deshalb kennst du dich besser aus mit sozialen Medien. Könntest du vielleicht alles checken, was ein Familienmitglied der Schepers-Familie geschrieben hat, egal, ob Twitter, Facebook, Instagram … Das ganze Spektrum." Das hatte zwar nichts mit den häufigsten Mordmotiven zu tun, so konnte sie sich jedoch geschickt aus ihrem sprachlichen Fauxpas herauswinden. „Und ja, Lebensversicherungen, Eifersucht und Habgier sind die Gründe, weswegen am meisten getötet wird. Bei einem Mordfall sollte immer in diese Richtungen ermittelt werden."

„Dann setze ich mich an den Computer und schau mal, was ich zu den Schepers finden kann", sagte Felix und verschwand in der kleinen Küche. „Und vergiss nicht, die Polizei anzurufen und nach dem Kennzeichen zu fragen", erinnerte Fumi ihn. Sie hatte zwei Rechner in ihrer Kanzlei, noch ein Überbleibsel von ihrem Ex-Mann. Nachdem Felix das Tee-Service in die Spülmaschine gestellt hatte, setzte er sich an den Schreibtisch im Nebenzimmer, der für die Zeit seines Praktikums als sein Arbeitsplatz fungierte. Fumi schloss die Augen. Sie musste sich zusammenreißen. Seit Felix in ihr Büro gekommen war, hatte sie wieder angefangen, Make-up aufzulegen und mehr auf ihre Garderobe zu achten. Da sie keine üppige Oberweite vorweisen konnte, trug sie manchmal ihre Haare hochgesteckt, vorgebend, dass es im Büro zu heiß sei, damit Felix ihren Nacken sehen

konnte. In Japan galt dieses Körperteil als eines der erotischsten Stellen einer Frau. Wer weiß, vielleicht hatte dies auf Felix überhaupt keinen Effekt, denn als Deutscher stand Felix wohl mehr auf lange offene Haare und ein schönes Dekolleté. Ob sie vielleicht doch Online-Dating ausprobieren sollte? Da könnte sie vielleicht geeignetere Männer in ihrem Alter finden. Eigentlich wollte sie nach ihrer Scheidung nichts mehr mit Liebesdingen zu tun haben und sich ganz ihrem Beruf widmen. Sie war sich auch ganz sicher, dass sie für keinen Mann mehr Interesse entwickeln würde, doch wie Körper und Herz auf Felix reagierten, strafte diese Überzeugung Lügen. Jetzt blieb erst einmal zu hoffen, dass Felix nichts von ihrer Faszination für ihn bemerkte. Sie schaltete den Computer ein und suchte nach Edmund Schepers' Adresse im Internet. Sie hatte Glück, denn die Adresse stand im Online-Telefonbuch. Wie Frau Schepers ihr mitgeteilt hatte, wohnte er in Moosberg, in einem Vorort von Aschfurt. Stöhnend stand sie auf – sie hatte von einem missglückten Kick während des Karatetrainings vorletzte Woche Schmerzen am Knie - und ging ins Nebenzimmer.
„Ich hab die Adresse vom Bruder von Hermann Schepers. Lass uns dort morgen hinfahren."
„Okay. Und ich hab die Facebook-Seite von Alex Schepers gefunden, von dem Sohn. Er hat ziemlich viel auf `Öffentlich` gesetzt, das heißt, jeder kann es lesen." Felix lächelte sie triumphierend an. Fumi beugte sich zum Bildschirm hinab, wobei sie ganz nah an sein Gesicht kam. Kurioserweise zuckte er nicht zur Seite, wie sie erwartet hatte. So konnte sie den angenehmen Duft seiner Haare riechen. Auf dem Bildschirm war ein junger blonder Mann zu sehen, Arm in Arm mit einem dunkelhaarigen Beau, dessen Gesicht auffallend attraktiv geschnitten war. Ein Post zeigte die bunte LGTB-Flagge, die Flagge der Homosexuellen-Bewegung. Dieser Alex zeigte seine sexuelle Orientierung

ganz offen.

„Interessant", sagte Fumi knapp. „Den müssen wir auch befragen. Aber morgen fahren wir erst einmal zu Edmund Schepers. Morgen ist Samstag. Da könnte er zu Hause sein."

„Und jetzt ruf ich die Polizei an. Hoffen wir, dass der Grund diesmal triftig genug ist", sagte Felix.

„Er ist bestimmt triftiger als eine eifersüchtige Ehefrau", grinste Fumi. Bei ihrem vorletzten Auftrag wollte die Polizei partout den Namen des Halters nicht herausrücken, weil die Überwachung eines untreuen Gatten keinen ernsthaften Fall im Sinne von Verkehrsdelikten oder Verbrechensbekämpfung darstellte.

Da sie etwas Abstand zu Felix' Körper brauchte, um sich zu beruhigen, ging sie aus dem Zimmer, setzte sich an ihren Schreibtisch und hörte Felix mit der Polizei diskutieren. „… wegen dem Brandanschlag in Glattfelden … ja, ja … Beide Nummernschilder wurden gestohlen? Echt? Wo? In Starnberg? Aha, gut zu wissen. Von einem VW-Bus?" Fumi war nicht sonderlich überrascht. Sonst hätte man den Täter sofort ausfindig machen können. Sie hörte Felix „Vielen Dank. Wiedersehen", sagen und dann sich nähernde Schritte. „Also, …", setzte er an, als er im Türrahmen stand. „Ich hab's schon gehört. Gestohlen. Ganz blöd scheint der Typ nicht zu sein." Fumi seufzte. „Sonst wäre es zu einfach gewesen." Felix nickte zustimmend.

Gleich am nächsten Tag stiegen die beiden in Fumis alten Volvo und fuhren nach Glattfelden, um sich im Haus der Familie Schepers umzusehen. Die Garage sah aus, als hätte eine Bombe eingeschlagen. Um den verkohlten Wagen lagen schwarze Holzreste, ein umgefallener Werkzeugschrank versperrte fast den Eingang. Von dort aus rief Fumi ihre Stamm-Pathologin Dr. Hartmann an, um ihr den Auftrag für DNA-Abstriche am Tatort zu erteilen. Der Toyota war zwar zum Fahren unbrauchbar geworden, zum Glück schien jedoch das Lenkrad fast unversehrt. Vielleicht war es der Ärztin dort möglich, DNA-Spuren sichern. Leider konnten sie sonst keine Objekte im Wagen finden. Er war absolut leer, nicht einmal im Handschuhfach befand sich irgendetwas. Beide Nummernschilder waren jedoch noch gut lesbar. Da sie jedoch schon wussten, dass diese gestohlen waren, versprachen sie sich nicht viel von ihnen.

Wieder in ihrem Volvo suchte Fumi im Navi die Adresse von Hermanns Bruder Edmund Schepers und wurde sofort fündig. „Lass uns jetzt zu Edmund Schepers nach Moosberg fahren", sagte sie entschieden zu Felix. „Klaro", entgegnete er lächelnd. Der alte Wagen setzte sich in Bewegung und stoppte nach einer circa dreißigminütigen Fahrt vor einem mittelgroßen Haus mit kleinem Vorgarten. Sie stellte ihren Wagen direkt davor ab, denn die Straße war wenig befahren und bot viel Platz zum Parken.

„Hier ist es. Klingeln wir mal und hoffen das Beste." Felix nickte nur und stieg gleichzeitig mit Fumi aus dem Auto. Sie presste einen silberfarbenen Knopf. Nach endlos erscheinenden zwei Minuten öffnete ein mittelgroßer, schlanker Mann die Tür. „Ja?", fragte er stirnrunzelnd.

„Guten Tag, ich bin Fumi Geiger, Privatdetektivin. Das ist Felix Rautenberg, mein Assistent. Sind Sie Edmund Schepers?"

Fumi zeigte ihren Ausweis, den Privatdetektive mit sich führen dürfen.

„Jaaa", sagte er gedehnt.

„Ihre Schwägerin, die Frau von Hermann Schepers, hat mich beauftragt."

„Aha", sagte er.

„Dürfen wir reinkommen?"

„Was heißt Privatdetektivin? Ist was passiert?", fragte er ernst und sah Fumi und Felix mit seitlich geneigtem Kopf an, als ob er die Gefahr, die von den beiden ausging, zu taxieren versuchte.

„Ihr Bruder ist Opfer eines Brandanschlages geworden", sagte Fumi und beobachtete mit scharfem Blick seine Reaktion. Die Augen wurden groß, er schien ernsthaft entsetzt zu sein.

„Ist er … ist er tot?", fragte er und atmete schnell ein und aus.

Komisch, dass Silke Schepers ihn nicht angerufen und ihm von diesem Vorfall erzählt hatte.

„Nein, er liegt in einem Krankenhaus für Schwerbrandverletzte. Es ist noch nicht ganz sicher, ob er durchkommt."

Edmund Schepers fuhr sich mit einer Hand durch die kurzen dunkelblonden Haare. „Dann kommen Sie rein", sagte er nach einigem Zögern und öffnete per Türöffner das weiße, hölzerne Gartentor. Fumi betrat das Grundstück und Felix folgte ihr ins Haus. Als Fumi an Edmund Schepers vorbeiging, sah sie, welch wasserblaue Augen er hatte. Er trat vor ihnen ins Wohnzimmer, setzte sich in einen braunen Ledersessel und wies Fumi und Felix mit einer Hand an, auf dem dazu passenden Sofa teilzunehmen.

„Wann ist es passiert?"

„Am Samstag. Die hölzerne Garage hat Feuer gefangen." Fumi erzählte die Geschichte, die sie von Frau Schepers gehört hatte, während Felix manchmal etwas einwarf, wenn er meinte, Fumi habe etwas Wichtiges ausgelassen.

„Kennen Sie jemanden, der einen Toyota Starlet P8 fährt beziehungsweise gefahren hat? Denn der ist jetzt natürlich auch Schrott", sagte Fumi.

„Toyota Starlet?" Edmund Schepers schüttelte den Kopf. „Ich weiß nur, dass der Hermann privat für andere Autos repariert. Manchmal sind es Wagen der Freunde oder eher von Bekannten – so viele Freunde hat er nicht –, manchmal aber auch Unbekannte, also Autos von Bekannten der Bekannten oder so. Das geht wohl über Mundpropaganda. Aber seit zwei Jahren hab ich keinen Kontakt mehr zu ihm, weil …" Er stockte. Fumi wusste zwar schon von Hermanns Frau über die Konflikte in der Familie, sie wollte es jedoch noch einmal vom Bruder hören, um etwaige Inkonsistenzen in den Aussagen der Verhörten herauszufinden.

„Weil wir uns gestritten haben. Es ging um das Haus, das mein Vater ihm allein geschenkt hat. Wenn der stirbt, muss mein Bruder mir nur den Pflichtteil geben. Hermann ist der Meinung, dass es ihm zusteht, weil er meine Eltern im Haus hat oder hatte – meine Mutter ist ja schon von uns gegangen – also, wenn Sie mich fragen, war er einfach zu faul, auf eigenen Beinen zu stehen. Er ist nie ausgezogen. Meine Mutter ist ganz plötzlich an einem Herzinfarkt gestorben, sie war fit bis zum Schluss – da musste Hermann und seine Frau keinen großen Aufwand betreiben, um sie zu pflegen. Mama hat immer den ganzen Haushalt für meinen Vater gemacht und jetzt macht das meine Schwägerin, aber mein Bruder tut da nichts. Der lässt sich immer nur versorgen. Und dann dreht er es so hin, als würde er alles machen und deshalb das Recht haben, das ganze Erbe für sich abzustauben." Er bewegte seinen Kopf hin und her, sah aber dann plötzlich hoch. „Entschuldigung, ich habe Ihnen nichts zum Trinken angeboten. Möchten Sie …?"

Fumi winkte ab. „Nein, danke. Als Sie noch Kontakt hatten, sind Ihnen da Freunde oder diese Privatkunden irgendwie komisch vorgekommen?"

„Eigentlich nicht."

„Wissen Sie von sogenannten Feinden, also von irgendwem, der ihm eventuell etwas Böses wollte?"

Auf Fumis Frage hin spitzte er die Lippen und stieß die Luft dadurch geräuschvoll aus. „Hm, na ja, extrem beliebt ist er nicht, möchte ich mal sagen. Er ist arrogant, fühlt sich als was Besseres, auch ich hab da drunter in meiner Kindheit und Jugend gelitten. Wenn die Frauen ihm nicht gefallen, nennt er sie ‚greislich‘, auch wenn sie meiner Meinung nach ganz passabel aussehen. Bei den Männern ist er auch vor Intrigen nicht zurückgeschreckt. Einfach ein widerlicher Egomane.“ Diesmal wiegte er den Kopf nicht nur hin und her, sondern hob auch die Schultern, zum Zeichen, wie sehr es ihn vor seinem Bruder ekelte.

„Können Sie eine Intrige genauer erklären?“, fragte Fumi.

Er überlegte kurz. „Also, an was ich mich erinnern kann, war, dass ihm ein Kollege nicht gepasst hat, weil der wohl sehr gut gearbeitet hat, wohl besser als er, aber er fühlt sich ja immer als der Beste. Dann hat Hermann vier teure Leichtmetallfelgen mit nach Hause genommen und es so aussehen lassen, dass der Kollege die geklaut hat. Der Chef hat Hermann geglaubt und den Kollegen rausgeschmissen.“

Dieser Hermann musste ein regelrechter Soziopath sein. Aber halt, vielleicht wollte Edmund auch den Verdacht von sich lenken. Trotzdem war es wohl lohnenswert, sich am Arbeitsplatz von Hermann umzusehen.

Jetzt kam die Frage, mit der sie sich oft unbeliebt machte. „Es ist nur eine Formalität, aber darf ich fragen, wo Sie am Samstag um kurz vor zwei Uhr waren?“

„Ich? Sie meinen, ich …?“ Er fuhr sich mit einer Hand über die Stirn. „Darf ich nochmal Ihren Ausweis sehen?“

Fumi zeigte ihm erneut ihren Privatdetektiv-Ausweis und entfaltete die Kopie des Zeugnisses für den zweijährigen IHK-Kurs für Detektive, den sie vor einigen Jahren absolviert hatte.

„Okay.“ Er nickte zum Zeichen, dass er ihr glaubte, und holte tief Luft. „Am Samstag war ich mit meiner Frau hier zu Hause. Wir haben Mittag gegessen.“

Das war ein schwaches Alibi. Ehepartnerinnen logen gern,

um ihre Männer zu schützen. „Kann Ihre Frau das bezeugen?", fragte sie trotzdem. „Oder andere Personen?"

„Meine Frau kann das bezeugen", sagte er und fuhr sich über den Nasenrücken. Fumi wusste, dass Menschen sich oft ins Gesicht fassten, wenn sie logen, es war jedoch kein sicheres Indiz. Vielleicht juckte seine Nase wirklich.

„Haben Sie Kinder?"

„Nein", sagte Edmund Schepers nur.

„Darf ich dann kurz mit Ihrer Frau sprechen?", fragte Fumi.

„Sie ist in der Arbeit. Sie arbeitet in einem Baumarkt." Herr Schepers fuhr sich mit einer Hand erneut durch die Haare. Dumm, wenn Fumi und Felix gingen und Edmund Schepers allein ließen, dann konnte er sich mit seiner Frau für das Alibi absprechen.

„Könnte ich Ihre Frau dann kurz anrufen?" Fumi holte ihr Handy aus ihrer Handtasche.

Edmund Schepers zuckte mit den Schultern. „Warum nicht? Wenn es sein muss." Er sah nicht gerade begeistert aus.

„Wie ist die Nummer Ihrer Frau?", fragte Fumi.

„Moment, ich weiß ihre Nummer auch nicht auswendig. Heutzutage drückt man ja nur auf einen Knopf, wenn man jemanden anrufen will." Er holte sein Smartphone aus seiner Hosentasche, fingerte kurz daran herum und las die Nummer laut vor. Fumi tippte diese in ihr Smartphone ein und eine Sekunde darauf wurde der Anruf angenommen.

„Schepers", sagte eine weibliche Stimme. „Guten Tag, hier ist Fumi Geiger", erwiderte Fumi. „Ich bin Privatdetektivin und ermittele im Fall Hermann Schepers. Er wurde Opfer eines Brandanschlags." Fumi hielt inne, um die Reaktion der Gesprächspartnerin abzuwarten. Die Reaktionen der Befragten konnten aufschlussreich sein, waren aber keine letztgültigen Beweismittel, denn auch außerhalb Hollywoods gab es gute Schauspieler.

„Was? Soll das ein Witz sein? Ist das so ein bescheuerter Betrugsanruf?" Fumi hörte, wie die Ehefrau von Edmund Schepers die Luft durch den Mund ausstieß.

„Nein, ist es nicht. Ich sitze hier im Wohnzimmer mit Ihrem Mann bei Ihnen zu Hause und befrage ihn gerade." Fumi nahm das Telefon vom Ohr und hielt es in Richtung Edmund Schepers. „Herr Schepers, könnten Sie kurz bestätigen, dass dies ein ernstzunehmender Anruf ist?"

Edmund Schepers nahm Fumi das Handy aus der Hand und hielt es sich ans Ohr. „Nein, Schatz, das scheint seriös zu sein. Also, der Hermann liegt im Krankenhaus, weil ihn wohl jemand verbrennen wollte – ja, - ja, - wahrscheinlich war's Brandstiftung." Er wartete eine Weile ab, um zu hören, was seine Frau sagte und gab Fumi das Handy wieder zurück.

„Könnten Sie uns bitte sagen, was Sie letzten Samstag zwischen 13 Uhr 45 und 14 Uhr 15 gemacht haben?", fragte Fumi ohne Überleitung.

„Moment, Samstag um dreiviertel zwei … Da hab ich nicht gearbeitet. Wir waren zu Hause und haben zu Mittag gegessen", sagte die Frau von Edmund Schepers.

„Vielen Dank. Das wollte ich nur wissen." Die Alibis deckten sich und deshalb war dieser Aussage wohl Glauben zu schenken. Es sei denn, die beiden hatten sich schon vorher abgesprochen.

„Dann stören wir Sie nicht länger", sagte Fumi und erhob sich. Sie gab Herrn Schepers die Hand und bedankte sich für die Zeit, worauf er nur ein gegrummeltes „Wiedersehen" von sich gab.

Nachdem Fumi und Felix zurück in ihr Büro gefahren waren, währenddessen Felix ihren Verdacht bestätigte, dass Edmund Schepers sehr wohl etwas mit dem Mordanschlag zu tun haben könnte, erreichte sie ein Anruf von Frau Dr.

Hartmann, der Pathologin. „Eigentlich darf ich es Ihnen nicht sagen", sagte diese. „Wegen Datenschutz?", fragte Fumi.

„Genau. Es sei denn, niemand erfährt davon etwas. Also, ich meine, es könnte sein, dass ein Polizeibeamter Ihnen so rein aus Versehen zu viele Informationen gegeben hat."

„Ich verstehe nicht ganz …"

„Ich meine, dieses Gespräch hat nie stattgefunden, wie wir hier manchmal sagen."

Fumi grinste. Als ob dieser Telefonanruf nicht von jedem Polizeilehrling zurückverfolgt werden könnte.

„Wir haben einen Treffer", flüsterte Dr. Hartmann. „Die DNA vom Lenkrad des Toyotas stimmt mit der vom Tatort von Torben Bachmann überein, also mit der, die an der Bierflasche vom Opfer gefunden wurde. Sie wissen schon, der Landschaftsgärtner, der durch Belladonna und Fliegenpilz umgebracht wurde."

Kapitel 4

Drei Monate vorher an einem sonnigen, aber kalten Tag im Mai war Torben Bachmann gerade dabei, eine Smaragd-Thuja-Hecke im Schleißheimer Schlosspark zu schneiden.

„Hey du, hast du vielleicht a Zigarette für mich?" Der Mann schien leicht zu lallen. Torben sah auf und begutachtete die schlanke, ja eher dürre Figur, die sich vor ihm aufgebaut hatte. Obwohl es höchstens zehn Grad waren, trug der Unbekannte nur ein kurzärmeliges T-Shirt. Auf den Armen hatte er so viele Tätowierungen, dass Torben vergaß, ihm in die Augen zu sehen. Auf dem einen Arm schlängelte sich eine Kobra - neben einer nackten Frau und einem Adler mit ausgebreiteten Flügeln. Als Torben gerade den Totenkopf auf dem anderen Arm begutachtete, hörte er erneut die Stimme: „Hey du, schlafst du oder was? A Zigaretten, hast eine?" Torben schüttelte den Kopf, denn er rauchte nicht, es sei denn, es handelte sich um einen Joint. Allerdings … – so was wäre mal wieder was – und dieser Kerl sah aus wie jemand, der an der Quelle saß. „Ich rauch nur Gras, aber das hab ich im Moment auch nicht. Mein Dealer ist nämlich gerade im Knast." Er lachte kurz auf und strich sich über die Stirn.

„Echt? Du, ich könnt dir was besorgen", sagte der Tätowierte. „Wie viel brauchst denn?"

Torben kratzte sich am Kopf. „So ungefähr fünfzehn Gramm wären nett. Wie viel wär das?"

„Ich mach da an guten Preis." Der lallende Mann nannte einen Geldbetrag, der für Torben vernünftig klang. „Hört sich gut an", sagte er.

„Bist… bist du jeden Tag da?", stammelte der Mann.

„Die Woche bin ich noch hier. Nächste Woche nicht mehr." Torben sah über den Schlosspark. Die Fontänen waren Anfang Mai angeschaltet worden und ließen das Wasser im zentralen Brunnen über zwei Stufen gleichmäßig überfließen. Wie ein transparenter Vorhang spann sich das Wasser über jeweils einen Absatz Stein. In den barock geschwungenen Beeten sah man rote, gelbe und violette Veilchen in einem bezaubernden Muster. Viermal im Jahr musste Torben hier einen Teil der Hecken scheren sowie Baumzweige zurückschneiden.

„Dann bist du am Freitag noch da?", fragte der Unbekannte. Torben nickte. Das war sein letzter Tag. „Da komm ich dann mit dem Stoff, versprochen. Und du hast das Geld bar dabei, okay?" Der Mann streckte seinen Zeigefinger aus und fuchtelte damit vor Torbens Nase herum.

Torben bejahte und lächelte. Er freute sich auf die berauschende Wirkung des Marihuanas.

Wenn Torben an den nächsten beiden Tagen nicht so in seine Arbeit vertieft gewesen wäre, hätte er den tätowierten Mann im Park herumschleichen sehen, ihn beobachtend, mit zusammengekniffenen Augen. Schließlich wurde es Freitag und Torben verspürte eine gewisse Aufregung oder vielmehr Vorfreude auf den seltenen Genuss. Würde Anna mit ihm rauchen? Wohl nicht. Seit sie die zwei Kinder hatte, war sie so entsetzlich verantwortungsbewusst geworden.
„Hi Torben", begrüßte ihn der Mann. Torben fand das zuerst komisch, denn er konnte sich nicht erinnern, ihm seinen Namen gesagt zu haben, dachte aber nicht weiter darüber nach, denn manchmal vergaß er schon etwas, besonders wenn er mit Drogen zu tun hatte. Die Planung der in diesen Mengen schon illegalen Beschaffung beanspruchte seine ganze Aufmerksamkeit.
„Und hast du's … Entschuldigung, ich hab deinen Namen vergessen."
„Äh … Martin", sagte der Mann.
„Also, hast du's, Martin?", wiederholte Torben.
„Klar doch", sagte der Mann namens Martin.
„Dann geh ma lieber an einen geschützten Platz." Da Torben den Park so gut kannte, wusste er, wo man bestimmt nicht von irgendwelchen Spaziergängern beobachtet wurde.
„Es ist nicht weit, nur ungefähr zweihundert Meter nach der Brücke." Sie gingen schweigend nebeneinander her, während sie auf das bewaldete Gebiet zusteuerten, das an die Felder Schleißheims grenzte. Von Weitem sah man das Flugzeugmuseum, den Ableger des Deutschen Museums, der in einem alten Fliegerhorst untergebracht war. Torben überlegte sich, ob er eine Unterhaltung starten sollte, um

Martin besser kennenzulernen, verkniff es sich dann jedoch. Bei Drogensachen hielt man es am besten so, das Gegenüber so wenig wie möglich zu kennen, wenn man doch einmal von der Polizei verhört wurde.

„Hier sind wir", sagte er und führte diesen Martin an eine dicht bepflanzte Stelle. Vier mannshohe Fichten, die im Kreis standen und mehrere blickdichte Büsche schirmten alle neugierigen Blicke ab. Auf dem Boden lag ein Kondom. „Wir nennen es das Sex-Nest von Schleißheim. Hierher kommen die Teenager, um ihre ersten Erfahrungen zu machen. Oder um zu kiffen", grinste Torben.

„Sauber sag i", sagte der angebliche Martin mit nicht ganz einwandfreiem bayerischen Akzent. Es klang angelernt. Er nahm seinen Rucksack von den Schultern und förderte eine Plastiktüte mit grünen getrockneten Blättern und zwei Bierflaschen mit Bügelverschluss zu Tage.

„Zur Feier trink ma auf unseren Geschäftsabschluss, aber erst wenn du mir des Geld gibst", sagte Martin.

Torben griff in seine Overall-Tasche, nahm einen braunen Ledergeldbeutel heraus, öffnete ihn und reichte Martin mehrere Fünfzig-Euro-Scheine. „Is des genug?", fragte er rhetorisch.

„Ja ja, passt scho." Der angebliche Martin gab ihm eine Bierflasche und hielt die andere hoch, zum Zeichen, dass er mit ihm anstoßen wollte. Wieso jetzt noch Bier trinken? Irgendwie erschien Torben diese Großzügigkeit seltsam. Die Vorfreude auf das lang vermisste Hochgefühl war jedoch größer als jegliche Skepsis diesem neuen Dealer gegenüber, den der Himmel geschickt haben musste. Ob er ein bisschen Gras gleich hier probieren sollte? Nein, das könnte auffallen und im schlimmsten Fall würde er gefeuert oder die Gärtnerei die bayerische Schlösserverwaltung als Auftraggeber verlieren. Dann nur ein paar Schluck Bier. Das stellte kein Problem dar. In der Mittagspause tranken fast alle Gärtner ein Helles. „Auf unseren Geschäftsabschluss", grinste Martin. Torben wiederholte „Auf unseren Geschäftsabschluss", stieß mit Martin an und führte die Flasche zum Mund. Das Bier schmeckte etwas komisch, doch weil Torben von der körperlichen Arbeit Durst hatte, trank er die Hälfte mit wenigen Schlucken.

„Danke, das ist echt nett von dir", sagte Torben und nippte noch einmal daran. „Ich muss leider wieder zur Arbeit. Sonst hätt ma gleich was miteinander probieren können."

„Naaa, des is dein Zeug. Ich brauch davon nix. Ich kauf ma mein eigenes", sagte der Fremde großzügig.

„Dann hoff ich, dass du wieder hier vorbeikommst", sagte Torben und setzte gerade an, dem neuen Bekannten die Hand zu geben, als ihm etwas schwindlig wurde. Stattdessen griff er sich an den Kopf. Schwindlig von so wenig Bier? Das musste an dem warmen Wetter liegen.

„Ja, ich bin immer mal wieder da. Ein Freund von mir wohnt hier und wenn ich den besuch, geh ich nachher gern in den Park. Ihr Gärtner macht den Park so schön, echt tolle Arbeit", sagte Martin.

„Danke", sagte Torben geschmeichelt und wollte Martin die Flasche zurückgeben, „jetzt muss ich aber wirklich zurück zum Schaffe-schaffe-Häusle-baue".

„Ich halt dich nicht auf", sagte der Tätowierte. „Hier, nimm das Bier ruhig mit. Ist ja schade um das Zeug."

„Okay, ich trink's im Gehen, weil ich jetzt echt weitermachen muss."

„Ja, ja, geh nur, servus."

„Tschüss". Torben ging aus der Lichtung, während er noch ein paar Schluck von dem Bier trank, und wollte in Richtung Kanal gehen, an dessen angrenzender Hecke er seine Laubsäge liegen lassen hatte, um gleich wieder die Arbeit aufnehmen zu können. Zurück im Park brach ihm der Schweiß aus. Er sah die Fontänen und alle Bäume doppelt, fühlte sich aber auch irgendwie euphorisch. Hatte Martin ihm Stoff ins Bier getan? Ohne zu wollen, ging er schneller, ließ die Flasche fallen, so dass das Bier über die Kieselsteine spritzte, und ruderte ungewollt mit den Armen. Was war das? Ein Veitstanz? Eine Brunnenfontäne verwandelte sich in einen Drachen, in einen transparenten Wasserdrachen, der auf ihn zuraste. Er wollte „Halt" rufen, bekam jedoch auf einmal keine Luft mehr. Vor einer weißen Bank brach er auf dem Kiesweg zusammen. Dann hörte er auf zu atmen. Ein älteres Ehepaar saß in der Nähe und erlebte das merkwürdige Schauspiel hautnah mit. Hatten sie gerade noch über das Verhalten des vermeintlich Verrückten den Kopf geschüttelt, so sprangen sie nun auf und rannten zu ihm. Sie versuchten, Torben mit wiederholtem Drücken aufs Herz wiederzubeleben. Der Mann gab Torben Mund-zu-Mund-Beatmung, während die Frau mit ihrem Handy den Notarzt rief. Doch es war zu spät. Die Notärztin konnte nur noch Torbens Tod feststellen.

Kapitel 5

Fumi klopfte an Felix' Bürotür und öffnete sie einen Spalt. „Ich hab gerade etwas sehr Interessantes erfahren."
„Ja?" Felix wandte sich vom Computer ab und sah zu ihr herüber. Von dieser Seite sah sein Profil besonders gut aus.
„Die DNA vom Tatort stimmt mit der DNA überein, die auf einem Trinkgefäß gefunden wurde, das ein anderes Mordopfer mit sich geführt hat. Das war im Mai. Die Polizei nennt es den Schlosspark-Mord."
„Wirklich? Heißt das, wir haben es mit einem Serienmörder zu tun?" Felix riss die Augen auf.
„Es scheint so." Fumi lehnte sich an den Türrahmen. „Wir müssen dann wohl auch dieses Umfeld befragen. Ich frag

mal die Pathologin, ob sie Telefonnummern hat und ob sie
die an uns rausgeben darf."

Ein paar Tage später saßen Fumi und Felix bei Anna
Bachmann im Wohnzimmer in Unterschleißheim in der
Nähe von München, bei der Witwe von Torben. Frau Dr.
Hartmann hatte die Telefonnummer an Fumi weitergege-
ben, nach der mehr oder weniger widerwillig erteilten Zustimmung des zuständigen Kriminalbeamten, dass Fumi an
dem Fall mitarbeiten durfte.

„Könnten Sie uns bitte noch einmal erzählen, wie Ihr Mann
gestorben ist? Ich weiß, es ist hart für Sie, aber je mehr das
Ermittlungsteam weiß, desto schneller können wir den
Mörder seiner gerechten Strafe zuführen", sagte Fumi so
einfühlend wie möglich, während ein sommerlicher Regen-
schauer ans Fenster klatschte.

Torbens Witwe Anna saß blass und gefasst auf einem
grauen Kunststoffsofa. Sie trug ausgewaschene Jeans und
ein schwarzes T-Shirt. Sie seufzte. „Tja, was soll ich sagen?" Einen Augenblick blickte sie ins Leere und setzte sich
dann aufrecht hin. „Also, es war so. Ich war gerade im Büro
– ich arbeite in einem Übersetzungsbüro – und da kam der
Anruf, dass Torben im Park zusammengebrochen ist – und
tot .... Natürlich konnte ich es zuerst nicht glauben und habe
gehofft, sie haben ihn mit jemanden verwechselt, aber als
ich ihn im Krankenhaus identifizieren musste, war er es –
ganz sicher. Sie wussten nicht, was es war – zuerst dachte
man an einen Herzinfarkt oder so – bis dann die Obduktion
Atemlähmung wegen Belladonna- und Fliegenpilz-Vergif-
tung ergeben hat."

„Tollkirsche?", vergewisserte sich Felix. Anna nickte.

„Wissen Sie, wie die Gifte in seinen Körper gekommen
sind?", fragte Fumi.

„Die Polizei hat herausgefunden, dass das Gift im Getränk

war, das er kurz vor seinem Herzstillstand getrunken hat. Er hatte ja eine Flasche Bier bei sich", sagte Anna.

„Hatte Ihr Mann Feinde?"

„Nicht, dass ich wüsste."

„Haben Sie eine Lebensversicherung abgeschlossen?", fragte Felix. Fumi zuckte zuerst zusammen ob der direkten Frage, erinnerte sich aber im Stillen daran, dass sie das Thema irgendwann selbst angeschnitten hätte.

„Nein, er war fest angestellt und hat in die Rentenversicherung eingezahlt. Da haben wir über eine Lebensversicherung nie nachgedacht." Wenn Anna die Wahrheit sagte, schied sie als Verdächtige aus oder hatte zumindest ein Motiv weniger.

„Haben Sie Kinder?", fragte Felix und lächelte sie dabei an. Er ließ wohl gerade seinen Charme spielen – oder sah es nur für Fumi so aus?

„Ja, einen Sohn und eine Tochter, zehn und zwölf Jahre."

„Wie geht es ihnen damit?", fragte Felix weiter.

„Wie soll es ihnen schon gehen?" Anna schnaubte. „Sie verstehen es noch nicht ganz. Meine Tochter wollte bei der Beerdigung ins Grab springen, sie war vollkommen verzweifelt. Und ich …" Ihre Stimme erstarb, während sie sich die Hände vors Gesicht hielt. Die Schultern bebten und eine Weile weinte sie leise vor sich hin. Da weder Felix noch Fumi diesen Ausdruck der Trauer unterbrechen wollten, sagten beide erst einmal gar nichts und warteten ab. Schließlich strich sich Anna mit beiden Händen über ihre Stirn und seufzte tief, eine Chance für Fumi, noch einmal anzusetzen. „Es tut mir leid, ich muss noch einmal fragen: Hatte Ihr Mann irgendwelche Feinde, einen Kollegen, einen verbitterten Freund, irgendwas?"

„Nein, ich sage Ihnen doch, ich weiß nichts", sagte Anna.

„Nur eines: Ein Kollege hat Torben im Park mit einem seltsamen Menschen gesehen. Mit dem soll er irgendwohin weggegangen sein, mitten unter der Arbeit.“

„Hatte er tätowierte Arme?“, fragte Fumi. Anna legte ihren Zeigefinger an die Schläfe und rieb hin und her. „Das weiß ich nicht, doch es könnte sein. Er muss ausgesehen haben wie von der Drogenszene und die haben ja oft auffällige Tattoos.“ Sie stockte. „Vielleicht … also, es könnte sein, dass Torben von dem Typen Marihuana gekauft hat. Er hatte nämlich eine Tüte mit dem Zeug in seiner Hosentasche, als sie ihn obduziert haben.“

„Würden Sie uns den Namen des Kollegen sagen? Das könnte uns auf die richtige Spur führen“, sagte Fumi. Felix nickte zustimmend.

„Er heißt Patrick Lorenz. Der war nicht nur ein Kollege, sondern auch ein Freund von Torben. Manchmal hat er uns hier besucht.“

Nachdem Anna Fumi die Telefonnummer der Landschaftsgärtnerei überreicht hatte, musste Anna ihrer Verzweiflung noch einmal Luft machen und blies den beiden Detektiven eine gefühlte halbe Stunde die Ohren damit voll, wie wunderbar ihr Mann gewesen war. Er war von den ostfriesischen Inseln mit seiner Mutter nach Bayern gekommen, nachdem sich die Eltern scheiden lassen hatten. Sie hatten sich in der Schule kennengelernt, und und und. Ab und zu nickte Fumi höflich und schrieb ein paar Informationen auf, die nützlich sein könnten. Felix ließ dabei den Blick über das Wohnzimmer schweifen, wo Fotos von Torben an den Wänden hingen. Fotos von einem gutaussehenden, blonden, verschmitzt dreinblickenden Mann. Schließlich machten sich die beiden Privatdetektive wieder auf den Weg ins Büro.

Kapitel 6

„So, was ist dir aufgefallen?", fragte Fumi, während sie sich auf den Verkehr konzentrierte.

„Meiner Meinung nach trauert sie wirklich um ihn. Auch das mit der nicht vorhandenen Lebensversicherung hat sich ehrlich angehört. Und den tätowierten Typen sollten wir suchen, aber wie?" Felix stellte seinen Ellenbogen auf die innere Armlehne der Autotür, während sein Zeigefinger über seinen Lippen lag. „Sollten wir alle Plätze absuchen, wo sich die Drogenszene trifft? Er scheint ja so auszusehen, als gehöre er dazu."

„Wäre eine Idee, aber nicht sehr effizient. Wir müssten noch mehr Anhaltspunkte finden, wie er zu finden ist. Vielleicht kann uns der Kollege von Torben ja was Hilfreiches mitteilen." Fumi wagte einen Seitenblick auf Felix, als sie gerade an einer roten Ampel anhalten musste. Wie gerne hätte auch sie seine Lippen berührt. Plötzlich verwandelte sich Felix' Zeigefinger in ihren eigenen und fuhr den Konturen nach …

„Es ist grün", sagte Felix. „Ah, hab ich mal wieder geschlafen." Fumi versuchte überstürzt, das Auto in Bewegung zu setzten und würgte dabei den Motor ab. Ihr wurde heiß und kalt. Sei kein dummer Teenager, dachte sie bei sich und trat extra aufs Gaspedal, so dass sich ihr fahrbarer Untersatz wie ein Formel-1-Rennwagen anhörte.

„Na na na." Felix schüttelte grinsend den Kopf.

„Vielleicht ist das ja wirklich eine gute Idee", plapperte Fumi drauf los, um von ihrem Missgeschick abzulenken.

„Vielleicht kannst du alle Condrob-Büros abklappern. In der Nähe von diesen befinden sich auch oft die Treffpunkte der Szene. Aber wie gesagt, wir brauchen noch eine bessere

Beschreibung von dem Mann wie Größe und Figur, eventuell auch die Augenfarbe." Sie setzte den Blinker und bog nach rechts ab. „Ob wir von der Polizei wohl irgendwelche Information bekommen, wie weit die Ermittlungen fortgeschritten sind?", fragte Felix eher rhetorisch. „Ich glaube nicht", antwortete sie. „Wenn die sich auf einen Verdacht eingeschossen haben, ist es manchmal schwer, was von denen rauszukriegen. Es sei denn, es ist wie bei diesem Torben Bachmann, dass sich jede Spur im Sand verliert." Sie musste bremsen, weil sich hinter einer roten Ampel eine Schlange bildete. „Hast du jemals Drogen genommen?", fragte sie unvermittelt.

„Nur Marihuana, keine harten Sachen. Aber ich mochte die Wirkung nicht, also ist es bei ein oder zwei Mal geblieben", antwortete Felix, während er sich mit dem Zeigefinger über die Nasenlöcher strich. Ob das seine Nachdenk-Geste war, wie bei der Zeichentrickserie ‚Wicki und die starken Männer‘? „Und was war der Effekt?", fragte Fumi.

„Ich hab einen Fressanfall bekommen, wie ich ihn noch nie erlebt hab und dann konnte ich ewig nicht einschlafen. Immer, wenn ich die Augen geschlossen hab, sind flimmernde Lichter erschienen", antwortete Felix.

„Gab's auch irgendwas Positives? Ich geb zu, dass ich sowas nie genommen habe und deshalb auch keine Ahnung, wie man sich da fühlt."

„Man fühlt sich ziemlich lustig, also man kichert über alles, worüber du im nüchternen Zustand nie lachen würdest. Dazu ist man halt entspannt, aber manche bekommen auch Panikattacken. Mit einem von unserer Clique, mussten wir in die Psychiatrieambulanz, weil er nicht mehr runtergekommen ist." Felix schnaubte durch die Nase. „Du kannst dir vorstellen, dass es für den und mich dann gegessen war, das mit den Drogen. Die anderen haben es noch hin und wieder probiert. Soviel ich weiß, sind die meisten nicht süchtig geworden, nur einer, den Christian, ja, den hat's erwischt. Ich glaub, der war sogar mal im Knast wegen harten Sachen, ich hatte jedoch dann keinen Kontakt mehr zu ihm. Genau weiß ich es nicht."

„Marihuana scheint für einige die Einstiegsdroge zu sein", sagte Fumi. „Hatte der, also dieser Christian, hatte der auch irgendwelche psychischen Probleme? Süchtig wird man ja vor allem dann, wenn man etwas wegdrücken will."

„Darüber hab ich noch gar nicht nachgedacht." Felix schaute aus dem Fenster, wo die Auslagen eines Hanfladens in den Blickwinkel rückten. „Wenn man vom Teufel spricht … Mich würde ja echt interessieren, ob die auch was Illegales dort verkaufen. Aber zurück zu dem Christian: Ich glaube, da war was mit den Eltern, dass sie ihn geschlagen haben und recht streng behandelt."

„War das 'ne echte Misshandlung oder hat er halt mal eine gescheuert bekommen? Zu meiner Zeit war das noch gang und gäbe. Ich kann mich erinnern, dass mir meine Mutter einmal eine geschmiert hat, weil ich einen riesigen Grasfleck auf einer weißen Hose hatte."

„Echt?" Felix wandte den Kopf Fumis Gesicht zu. „Hättest du da nicht das Jugendamt einschalten können?"

„Ne, das war noch in den achtziger Jahren. Das Verbot, Kinder zu schlagen, kam erst in den neunzigern. In meiner Generation haben noch viele Ohrfeigen bekommen." Fumi drückte auf das Gaspedal, um einen Fahrradfahrer zu überholen.

„Ich glaube, das bei Christian waren nicht nur Watschen. Manchmal hatte er blaue Flecken auf Gesicht und Armen, sogar Verbrennungen. Einmal hab ich gefragt, woher denn die Wunde auf seinem Arm kommt und er meinte, da hätte sein Vater eine Zigarette ausgedrückt, weil er seine Spielekonsole nicht aufgeräumt hat oder so was Ähnliches."

„Woa, das hört sich nach unverhältnismäßiger Gewalt

an." Fumi schüttelte den Kopf. „Ich würde sagen, den Kollegen von Torben Bachmann zu sprechen, ist der nächste Punkt auf unserer To-do-list", sagte sie dann ohne Überleitung. „Könntest du dort anrufen, wenn wir zurück sind? Oder wenn du keine Adresse findest, könntest du nach Oberschleißheim fahren und dich dort umschauen? Vielleicht arbeiten ja dort welche an den Büschen und du kannst sie nach Torben oder nach diesem Patrick Lorenz fragen."

„Vielleicht ruf ich mal bei der Schlösserverwaltung an und frag nach."

„Das ist eine gute Idee." Mittlerweile waren sie vor ihrem Büro angekommen und Fumi betätigte die automatische Garagenöffnung.

„Ein Kaffee wäre jetzt auch ´ne gute Idee. Willst du ´nen Cappuccino?", fragte Felix.

„Ja, gerne." Fumi hatte geparkt und schenkte Felix ihr süßestes Lächeln, während sie sich von ihrem Gurt befreite.

Sie saß an ihrem Computer, während sie Felix im Nebenzimmer telefonieren hörte. Die Hälfte des Cappuccinos, den er ihr mit der bei E-Bay gekauften Kaffeemaschine zubereitet hatte, war kalt geworden, weil sie so versunken darin war, die Drogentreffs von Oberschleißheim und Glattfelden zu recherchieren. Sie fand nicht viel Brauchbares, denn das meiste darüber war wohl im Darknet zu finden, nicht auf offiziellen Webseiten. Nur die örtlichen Condrobs-Büro-Adressen notierte sie in ihr Heft.

Felix kam in ihr Zimmer. „Ich hab jemand von der Firma ‚Baumtrimmer' gesprochen. Das sind die, die den Oberschleißheimer Schlosspark pflegen."

„Super!" Fumi nippte an der kalten Milchbrühe des Cappuccinos.

„Morgen hab ich ´nen Termin mit dem Kollegen, dem Patrick Lorenz, der an dem Tag, als der Torben Bachmann ermordet wurde, gearbeitet hat."

„Chapeau!" Sie zog einen imaginären Hut. „Das ging ja schnell."

„Ja, gut, dass es schnell ging, weil ich heute Abend noch `n Date habe", grinste Felix. Sie bekam einen trocknen Hals und schluckte. „Date!", sagte sie verächtlich. „Zu meiner Zeit hat man das noch ganz romantisch Rendezvous genannt." Fühlte sie etwa Eifersucht? Mann, er hätte fast ihr Sohn sein können - wenn sie früh angefangen hätte. Doch sie war in dieser Beziehung eine Spätzünderin gewesen. Ihr Ex-Mann, den sie mit 25 Jahren kennengelernt hatte, war ihr zweiter Freund gewesen. „Und wer ist die Glückliche?" Sie hoffte, dass ihr aufgesetztes Lächeln ehrlich aussah.

„Ich hab sie online kennengelernt, bei so ´ner Dating-Website. Sie ist sehr nett und lustig, was ihre E-Mails angeht. Ihr Foto sieht auch ganz ansprechend aus, aber das will ja nichts heißen. Viele stellen da alte Fotos rein, als sie noch besser ausgesehen haben."

„Sehen die Frauen in deinem Alter denn auch schon alt aus?", fragte Fumi und zog einen Mundwinkel nach oben.

„Die sind ja meistens nicht mehr dreißig, eher vierzig. Ich stehe nämlich auf ältere, ich meine, reifere Frauen."

Gut, dass Fumi sich entschieden hatte, den Rest des kalten Cappuccinos stehen zu lassen, sonst hätte sie sich wohl daran verschluckt. „Aha", sagte sie so nur. „Und … und warum stehst du auf reifere Frauen?"

„Weil sie eben reif sind", grinste Felix. „Die haben schon mehr erlebt … aber das Wichtigste ist: Die biologische Uhr hat ausgetickt. Ich möchte nämlich keine Kinder."

„Echt?" Jetzt schnell etwas Unverfängliches sagen … „Wieso willst du denn keinen Nachwuchs?"

Felix stützte sich mit einer Hand an den Türrahmen und kreuzte ein Bein über das andere.

„Aus ökologischen Gründen. Es gibt zu viele Menschen auf der Welt und einige müssen deshalb auf Kinder verzichten. Und dass ich ihr Geschrei und Gehopse nicht mag, tut noch sein Übriges."

„Ah so. Na, dann wünsche ich dir viel Spaß bei deinem Date." Hoffentlich sah Felix ihren inneren Aufruhr nicht in ihren Gesichtszügen. Sie wandte sich dem Computer zu und klickte auf den Firefox-Icon, um vorzutäuschen, weiterarbeiten zu wollen.

„Danke", vernahm sie Felix von hinten. „Dann bis morgen."

„Bis morgen", erwiderte sie, ohne sich umzudrehen.

Sie hörte die Tür ins Schloss fallen, als Felix die Detektei verließ und starrte auf den Bildschirm, ohne irgendetwas wahrzunehmen. Wenn sie das eher gewusst hätte … Hätte sie dann mit gutem Gewissen proaktiver vorgehen können, wie man das heute nannte? Nein, vielleicht hätte er es als sexuelle Belästigung empfunden. Sollte er außerhalb seines Praktikums glücklich werden. Sie tat besser daran, sich auf diesen Fall zu konzentrieren – oder auf die beiden Fälle, in die womöglich derselbe Mörder involviert war. Sie schlang die Hände ineinander, als ob sie beten wollte, eine Geste, die sie sich angewöhnt hatte, um sich von störenden Gedanken abzulenken, wenn sie sich auf etwas fokussieren wollte. Morgen sprach Felix mit einem Kollegen von Torben Bachmann. Wie sollte *sie* weiter vorgehen? Am besten versuchte sie mehr Informationen über den Mann mit den Tätowierungen von Seiten Frau Schepers zu bekommen. Auch die Arbeitskollegen ihres Ehegatten mussten irgendwann interviewt werden. Dann könnte sie bei den Condrobs-Leuten mit einer besseren Beschreibung aufwarten. Sie griff zum Telefonhörer, um Frau Schepers mitzuteilen, dass sie mit dem Nachbarn sprechen wollte, um herauszufinden, ob sie beide den verdächtigen Mann beschreiben konnten.

Kapitel 7

Felix öffnete die Glastüre der Bar und ließ den Blick über die Gäste schweifen. Er kannte Danielas Gesicht zwar von den Fotos, die sie gepostet hatte, zur Vorsicht hatte er jedoch mit ihr verabredet, dass er ein weißes Hemd mit blauen Ananassen tragen würde. Sie würde an einer orangefarbenen Bluse und einer Kette mit grünem Malachit-Anhänger zu erkennen sein. Da die Ananasse so klein waren, sah es von weitem wie ein blau-gepunktetes Shirt aus. Trotzdem war es das auffälligste Kleidungsstück, das er vorweisen konnte. Er sah eine Hand, die an einem orangefarbenen Blusenärmel hing, in seine Richtung winken, worauf er auf die lächelnde Frau zuging. Entweder wirkte sie sehr fotogen, so dass sie auf Fotos besser aussah als in Wirklichkeit oder das Foto war deutlich älter, als Daniela vorgab. Lachfältchen umspielten ihre Augen, die auch eine dicke Schicht Make-up nicht zu verbergen vermochte. Das Gesicht war unvorteilhaft geschnitten, ein zu großes Kinn stand zu schmalen Lippen gegenüber, die große Nase stand im Kontrast mit zu kleinen, etwas vorstehenden Augen. Als sie aufstand, um noch heftiger zu winken, - sie hatte sein abruptes Stehenbleiben wohl als Nichterkennen fehlinterpretiert – sah er einen Speckgürtel um ihre Taille. Felix setze ein Lächeln auf, um seine Enttäuschung zu verbergen, und ging wieder los. Retuschierten denn alle Dating-Interessentinnen ihre Bilder oder beauftragten sie die teuersten Visagistinnen und Fotostudios? Das war schon das dritte Mal, dass er auf den ersten Blick die Dating-Kandidatin abstoßend fand, obwohl die Chats immer interessant sowie vielversprechend geklungen hatten und die Fotos relativ ansprechend aussahen. Oder war er zu anspruchsvoll? Sollte er sich mehr auf innere Werte konzentrieren? Vielleicht würde sich die Anziehung ja noch entwickeln, wenn er etwas Zeit mit ihr verbracht hatte. Fumis ebenmäßig geschnittenes Gesicht mit den vollen Lippen, umrahmt von den vollen, leicht gewellten schwarzen Haaren, erschien kurz vor seinem inneren Auge, bevor er Daniela die Hand reichte.

„Hallo, ich bin Felix."

„Und ich bin Daniela. Schön, dich mal in echt zu sehen."

Sie begannen ihr Gespräch mit dem üblichen Smalltalk-Geplänkel - wie es dem anderen ging, was in der Arbeit zu tun war – und bestellten Drinks, er einen Maitai, sie eine Pina Colada.

„Und welchen Fall bearbeitest du gerade?" Daniela saugte an ihrem Strohhalm.

„Es könnte der Fall eines Serienmörders sein, aber wir wissen es noch nicht genau." Fumi hatte ihm erlaubt, ja ihn ausdrücklich dazu aufgefordert, mit jedem freimütig über die Verbrechen zu sprechen, in denen sie gerade ermittelten. Sie schätzte die Vorteile höher ein als die Nachteile. Schon in mehreren Fällen hatten sich heiße Spuren ergeben, weil eine Bekannte eines Nachbarn zufällig den Tatverdächtigen um sieben Ecken kannte. Der naheliegendste Nachteil, nämlich, dass der Täter gewarnt werden konnte, erschien ihr wenig wahrscheinlich.

„Wirklich? Ein Serienmörder? Hier in der Gegend?" Daniela sah erschrocken aus.

„Ob man es schon Serienmörder nennen kann, weiß ich nicht. Es sind wohl auf alle Fälle zwei Morde von demselben Mann verübt worden, oder sagen wir besser ein Mord und ein Mordversuch. Das eine Opfer liegt auf der Intensivstation."

„Aber mit welchem Motiv?"

„Das wissen wir noch nicht. Die beiden Morde scheinen nichts miteinander zu tun zu haben. Beide Opfer verfügen über keinen großen Reichtum und hatten wohl keine Lebensversicherung."

„Lebensversicherung? Was hat denn das mit Mord zu tun?" Daniela stützte ihr Kinn auf beide Hände.

„Lebensversicherungen sind der häufigste Grund für Morde innerhalb Familien." Felix nickte, um die Ernsthaftigkeit seiner Aussage zu unterstreichen.

„Es geschehen Morde innerhalb Familien?!" Sie riss die Augen auf.

„Mehr als die meisten denken. Wenn Laien an Verbrechen denken – mit Laien meine ich Leute, die beruflich nichts mit dem Justizwesen zu tun haben -, dann denken sie an Vergewaltiger und Kindesentführer und so ähnlich. Doch die schlimmste Gewalt sieht man in Familien."

„Ist nicht wahr!" Daniela hielt sich beide Hände vor den Mund.

„Doch. So ist es. Aber nach meinem Gefühl geht es hier nicht um Familiensachen, zumindest nicht in der näheren Familie." Felix neigte den Kopf zur Seite und klopfte mit einem Mittelfinger auf die Tischplatte. „Bei dem einen Fall haben wir zwei Tatverdächtige in der Familie, einen homosexuellen Sohn, der nicht schwul sein darf, weil die Familie katholisch ist. Und einen Bruder, der enterbt wurde. Aber komischerweise wurde die gleiche DNA bei einem anderen Mord gefunden, der überhaupt nichts mit dieser Familie zu tun hat – beziehungsweise wir wissen noch nicht, ob es eine Verbindung dazu gibt. Das Einzige, worüber wir uns im Moment ganz sicher sind, ist, dass der Täter auf den Armen tätowiert ist, das heißt, seine Arme sind mit Tatoos übersäht. Dazu muss er Alkoholiker und - Schrägstrich oder - drogensüchtig sein, weil er gelallt hat."

„Mit Tätowierungen übersäht?" Daniela nickte versonnen.

„Das scheint gerade modern zu sein. Ich hab auch einen Cousin, der hat sich die beiden Arme und die ganze Brust vollstechen lassen. Ich hab übrigens auch eines, einen Schmetterling an meinem rechten Oberschenkel." Sie zwinkerte ihm zu.

Felix wusste nicht, ob es der Drang war, schnell das Thema zu wechseln oder ob seine detektivische Seite die Oberhand gewann, auf jeden Fall fragte er interessiert: „Hat dein Cousin zufällig eine nackte Frau auf einem Arm?"

„Ach, die hat doch jeder, der auf Bad Boy machen will", winkte sie ab.

„Ne, echt jetzt, hat er so eine Tätowierung?"

„Ich hab ihn schon länger nicht mehr gesehen, aber ja, ich bin mir ziemlich sicher, dass er so eine auf dem linken, ne, auf dem rechen Arm hat. Das ist mir aufgefallen, weil es mich 'n bisschen davor geekelt hat."

Auch wenn es ihm als zu großes Glück erschien, wenn ein Online-Date ihn zum Täter führen würde, fragte er weiter. Außerdem musste er dann nicht auf Danielas Flirtversuche eingehen. „Könntest du mir vielleicht seine Telefonnummer geben oder sagen, wo er wohnt?"

„Na, du glaubst doch nicht, dass mein Cousin ein Mörder ist? Außerdem geht das doch gegen den Datenschutz." Sie kräuselte die Stirn. „Normalerweise frag ich die Leute immer, ob es ihnen recht ist, dass ich ihre Anschrift oder Sonstiges weitergebe."

Da hatte sie auch wieder recht. Nur manchmal musste man in diesem Geschäft auf die Nachlässigkeit der Leute hoffen; auch etwas, was er von Fumi gelernt hatte.

„Vielleicht wirst du ihn sowieso mal kennenlernen, vielleicht mal auf 'nem Familienfest."

Familienfest?! Das ging ja in Sieben-Meilen-Stiefel Richtung …. Es half nichts, diese Hoffnung musste zerschlagen werden. „Ich stehe nicht so auf Familienfeste. Und überhaupt nicht so auf Familien. So ein Leben lang Single und von Zeit zu Zeit 'ne Freundin, das ist das Richtige für mich."

„Auch keine Kinder?" Daniela war sichtlich in sich zusammengesunken.

„Auch keine Kinder. Die sind laut und nervig. Tiere mag ich lieber. Es tut der Erde auch mal gut, wenn manche Menschen auf Nachwuchs verzichten."

„Also, ich steh ganz altmodisch auf Familie und Kinder", sagte Daniela leise und trank einen weiteren Schluck Pina Colada. Dabei biss sie regelrecht auf ihren Strohhalm. Wunderbar, dann hatte er die Grenzen ja klar abgesteckt. Allerdings war auch die Chance vertan, auf einem Familienfest dem Mann mit der nackten Frau auf dem rechten Arm zu begegnen. Trotzdem … es wäre nicht fair gewesen, Daniela so auszunutzen. Es musste noch andere Wege geben, den Mörder zu finden.

„Tja, dann haben wir wohl ganz unterschiedliche Lebensentwürfe. Aber wir können ja trotzdem Freunde bleiben", sagte Felix.

„Ja, vielleicht." Ihrem Tonfall war zu entnehmen, dass sie eigentlich ‚Nein, auf keinen Fall' meinte. Da ihm nichts anderes einfiel, erkundigte er sich nach ihrem letzten Urlaub. Daraus entspann sich noch ein kurzer Wortwechsel, aber so richtig Fahrt nahm das Gespräch nicht mehr auf. Schließlich entschuldigte sich Daniela, denn sie müsse am nächsten Tag früh aufstehen. Sie war schon an der Tür, wo sie ihren Trenchcoat-Mantel vom Haken der Garderobe nahm, da hielt sie kurz inne und ging zurück zu Felix, der gerade die Rechnung bezahlte. Als die Kellnerin den Tisch verlassen hatte, beugte sich Daniela zu Felix hinunter: „Die Clique von Tobias, meinem Cousin, also, in der haben alle so nackte Frauen auf den Armen. Das ist so was wie ‘n Gangzeichen. Die treffen sich immer auf dem Esther-Degen-Platz am Hasenbergl in München." Dann ging sie, ohne sich zu verabschieden.

Kapitel 8

Am nächsten Morgen wusste Felix, was er zu tun hatte. Zuerst nahm er den Termin mit dem Kollegen von Torben wahr. Im Schleißheimer Schlosspark, im bewaldeten Teil in der Nähe des Eingangs, hatten die ‚Baumtrimmer' einen Container, den sie als Büro benutzten. Felix ging zügigen Schrittes auf das grüne Wellblech zu, wo er um zehn Uhr sein sollte. Ein mittelgroßer, schlanker Mann mit verkehrt aufgesetzter Baseball-Kappe und einer grünen Weste, auf der der Firmenname zu lesen war, stand vor der offenen Tür. In der Hand hielt er eine Zigarette. Als er Felix auf sich zukommen sah, warf er die halb gerauchte Kippe auf den Boden und zertrat sie.

„Grüß Gott, ich bin Felix Rautenberg von der Privatdetektei Geiger. Sind Sie Herr Lorenzen?"

„Ja, der bin ich." Herr Lorenzen begrüßte Felix mit einem Handschlag. „Tragisch, das mit dem Torben. Wir sind alle noch geschockt." Er schüttelte den Kopf.

„Das ist in der Tat ein Schock, wenn jemand so unvermittelt stirbt", stimmte Felix zu.

„Und es war ganz sicher Mord? Das ist so unglaublich."

„Ja, nach dem gerichtsmedizinischen Gutachten war es Tod durch Vergiftung. Er hatte keine Vorerkrankungen an Herz oder Lunge, wohl auch keine Depressionen. Darf ich Ihnen zu Ihrem Kollegen ein paar Fragen stellen?"

„Dafür sind Sie ja da. Kommen Sie rein in die gute Stube. Ich hab auch Kaffee da, aber nur löslichen. Wollen Sie einen?"

„Ja, gerne." Sie setzten sich an einen runden Tisch im Inneren des provisorischen Büros. Herr Lorenzen goss eine dünne braune Brühe aus einer Thermoskanne in zwei weiße

Campingbecher aus Plastik. „Hier ist noch Milch und Zucker." Er zeigte auf ein Kännchen sowie auf eine silberfarbene Dose auf dem Tisch und verschränkte dann die Arme. „So, was wollen Sie wissen?"

„Danke." Felix rührte Milch in seinen Kaffee und legte das Handy mit der Notiz-App auf den Tisch. „Erst mal ganz allgemein: Was wissen Sie über Torben, also sein Privatleben, seine Hobbys, Gewohnheiten? Wie war sein Verhältnis zu den Kollegen?"

Herr Lorenzen lehnte sich zurück. „Er war verheiratet, hatte zwei Kinder, seine Frau, also jetzt seine Witwe, arbeitet als Übersetzerin. Soviel ich weiß, ist – oder war die Ehe harmonisch, aber die Kinder tun sich 'n bisschen schwer in der Schule. Da hat er aber immer gemeint, die sind halt wie er, keine solchen Streber wie die anderen. Er hat mir erzählt, dass er einmal durchgefallen ist. Und das Verhältnis zu den Kollegen …" Herr Lorenzen überlegte kurz und blickte an die Decke. „Er war eigentlich beliebt, ja, manchmal hat er genervt mit dem … Wie soll man das nennen? Er wollte partout kein Streber sein. Und wenn andere Kollegen gute Leistungen erbracht haben und dafür gelobt wurden und vielleicht sogar mal 'n Bonus dafür bekommen haben, dann waren sie halt wieder Streber. Das war irgendwie sein Lieblingswort – oder besser gesagt, sein meist genutztes Hasswort."

Felix sah von seinem Handy auf, in das er eifrig alles eintippte, was sein Gesprächspartner sagte. Er nickte versonnen vor sich hin. „Also, auf mich macht das den Eindruck, als ob er Probleme mit Neid hatte. Wenn die anderen besser sind, dann haben sie es nicht verdient."

„Ja, kann man vielleicht so sagen. … Doch dass er damit so genervt hat, dass man ihn umbringen will, also so schlimm war das auch wieder nicht. Im Großen und Ganzen war er gut in die Belegschaft integriert und hat gern mal einen mit den anderen Kollegen über den Durst getrunken. Wir beide waren auch persönlich befreundet."

„Und welchen Hobbys ist er nachgegangen?"

„Hobbys ... ich würde sagen, Biertrinken war sein liebster Zeitvertreib", lachte Herr Lorenzen. „Sonst fällt mir da nichts ein."

„Meinen Sie, er war Alkoholiker?"

„Da bin ich mir nicht sicher. So schlimm wie der Krugmann war's auf alle Fälle nicht. Dem mussten wir kündigen, weil er zu oft nicht beim Dienst erschienen ist. Der Torben war eigentlich relativ zuverlässig, obwohl ... so vier oder fünf Mal im Jahr hat seine Frau angerufen und ihn entschuldigt. Da hat er sich immer den Magen verdorben gehabt. Ich hab schon mal zu ihm gesagt, er soll 'ne Magenspiegelung machen lassen, aber er hat immer abgewinkt. Wer weiß, vielleicht hatte er in Wirklichkeit 'nen Kater. Doch da fällt mir was ein." Herr Lorenzen beugte sich vor. „Einmal hat es aus seiner Richtung total süßlich gerochen, Sie wissen schon, so wie Cannabis oder so."

„Das würde zu der Tatsache passen, dass er eine Tüte Marihuana bei sich hatte, als er starb."

„Echt? Das hab ich nicht gewusst.", entgegnete Herr Lorenzen kopfschüttelnd. Felix schlug ein Bein über das andere. „Das würde dann auch zu dem tätowierten Mann passen, mit dem er kurz vor seinem Tod gesehen worden ist. Haben Sie ihn gesehen?"

„Ja, das war so 'n komischer Typ, ziemlich dürr und ausgemergelt. Ich war gerade mit dem Schneiden von 'nem Busch beschäftigt, vielleicht so dreißig Meter entfernt. Die haben irgendwie geflüstert oder leiser geredet, so dass ich nichts verstanden hab, und dann sind die zwei kurz weggegangen."

„Warum sind Sie dann nicht hinterher? Dürfen Ihre Angestellten einfach so den Arbeitsplatz verlassen?"

„Ich bin … oder war ja nicht sein Chef. Der kommt alle paar
Tage vorbei und schaut, wie es läuft. Ich hab halt gedacht,
der Typ gehört vielleicht zur Schlossverwaltung und Torben muss mit denen was regeln. Heutzutage hat ja fast jeder
ein Tatoo und Piercings und was weiß ich. Deswegen hab
ich das Aussehen von dem Mann jetzt nicht verdächtig gefunden.“

„Können Sie den Mann genauer beschreiben?“, fragte Felix.

„Also, der war groß, ich würd sagen, so um die ein Meter
fünfundachtzig, kahler Schädel, ein großer Ohrring, sie wissen schon, so 'n rundes Ding, was das Ohrläppchen ganz
groß macht, diese furchtbaren Dinger.“

„In welchem Ohr?“

„Das weiß ich nicht mehr, aber ich glaube, das war nur eins,
nicht zwei. Außerdem war er dünn oder vielmehr dürr und
auf den Armen hatte er viele Tätowierungen.“

„Haben Sie Torben gesehen, als er kollabiert ist?“

„Nein, da war ich zu weit weg. Ich hab ja weiter an meinem
Busch gearbeitet und Torben ist vor der ersten Bank da
rechts zusammengebrochen. Ich war da um die Ecke … erst
als ich den Aufruhr von den Spaziergängern bemerkt hab,
die Torben wiederbeleben wollten und eine Frau laut in ein
Handy geschrien hat, dass ein Notarzt zum Schlosspark
kommen soll, bin ich hellhörig geworden und in die Richtung von dem Radau gegangen. Und da ist er dann gelegen,
total blass, ein Mann hat wie wild auf seinen Brustkorb ge-
drückt, immer wieder …“ Seine Stimme wurde leiser. „Es
hat alles nichts geholfen. Der Notarzt – oder war es eine
Ärztin? Also, so ein Sanitäterteam ist nach ein paar Minuten
gekommen, hat an ihm 'n bisschen rumgedoktert – und
dann haben alle den Kopf geschüttelt. Als sie ihn dann mit
dem Tuch über dem Kopf in den Krankenwagen geschoben
haben – ich war wie betäubt – wie in so 'nem Albtraum –
ich hab echt gehofft, ich wach jetzt gleich auf … bin ich aber

nicht. Es war Realität." Herr Lorenzen führte seine Plastiktasse zum Mund und wiegte seinen Kopf hin und her.

„Können Sie sich an eine nackte Frau auf dem rechten Arm von dem Mann mit dem Ohrring erinnern?"

„Ja, die Tätowierung ist mir noch mehr in Erinnerung geblieben als der blöde Ohrring."

„Und Sie haben den Mann sonst nie gesehen? Auf keinem öffentlichen Platz hier in Schleißheim?"

„Nein, da kann ich mich nicht erinnern." Herr Lorenzen schob die Unterlippe vor und schüttelte den Kopf.

„Darf ich die anderen Kollegen fragen, ob sie ihn schon mal getroffen haben? Das ist eine heiße Spur."

„Klar, fragen Sie alle, wie sie möchten. Mir wär schon auch lieb, dass man den Kerl findet und zur Verantwortung zieht. Ich hol am besten mal alle her, die heute da sind – mit dem Pager." Er nahm ein Gerät aus seiner Jackentasche und drückte auf einen Knopf. „So, jetzt sollten alle kommen." Während Felix in sein Handy tippte, ging Herr Lorenzen zum Fenster, zog ein Taschentuch aus seiner Hosentasche und schnäuzte sich.

„Was is?" Zwei Männer und zwei Frauen, die alle die grüne Baumtrimmer-Weste trugen, standen plötzlich vor der Tür.

„Herr Rautenberg hat eine Frage an euch – wegen Torben, es war wohl Mord. Er ist Privatdetektiv", erklärte Herr Lorenzen. Man hörte alle vier erschreckt nach Luft schnappen, als das Wort ,Mord' fiel. Felix stand auf und stellte sich in den Türrahmen.

„Kennt jemand von Ihnen einen Mann, der lang und dürr ist, einen kahl geschorenen Schädel hat, einen großen, runden Ohrring im Ohrläppchen und dazu viele Tätowierungen an den Armen? Besonders auffällig ist ein Tatoo einer nackten Frau."

„Ick kenn enen, der so aussieht", sagte die kleinere, gedrungenere Frau mit einem burschikosen Haarschnitt. Sie kaute

58

mit offenem Mund einen Kaugummi. „Das is 'n Freund von Ernst. Der Ernst is 'n Bekannter von mir aus Berlin. Die hängen meistens am Hasenbergl in München rum, am Esther-Degen-Platz." Am Esther-Degen-Platz? Von dem hatte doch auch Daniela gestern gesprochen.

„Wissen Sie, wie er heißt?", fragte Felix und bemerkte, wie sein Atem schneller ging.

„Wie er heißt?" Sie kratzte sich hinter einem Ohr. „Torben – nee, Quatsch, der is das Opfer. Aber der heißt so ähnlich – Mann, To … To … ah, ich hab's --- Tobias heißt er." Sie schnalzte mit dem Finger.

„Und der Nachname?" Felix sah sie ermunternd an.

„Den weeß ick nich. Ick kenn die nur vom … oh je, Sie sind 'n Bulle." Sie hielt sich eine Hand vor dem Mund.

„Nein, ich bin Privatdetektiv." Es musste ja niemand erfahren, dass er noch in der Ausbildung war. „Ich verpfeif Sie schon nicht." Felix blinzelte ihr zu.

„Also, Ernst ruft mich manchmal an, wenn sie 'ne Party machen. Und da gibt's auch immer reichlich Joints. Und in letzter Zeit war da ein oder zwei Mal auch der Typ namens Tobias dabei – mit seiner Freundin, die eigentlich ziemlich normal aussieht. Keine Tatoos oder so, aber sie steht auf Alkohol."

„Haben Sie mit diesem Tobias auch mal länger gesprochen? Hat er irgendwas gesagt wie zum Beispiel, dass er den oder den hasst … „

Die Berlinerin machte eine wegwerfende Handbewegung.

„In der Szene hassen sich viele … Das nimmt keiner so ernst, wenn da einer so was sagt, wie ‚Ich bring den um' oder so." Obwohl die anderen drei schwiegen, sahen sie gebannt auf ihre Kollegin.

„Hat er gesagt, dass er einen ermorden will?", fragte Felix.

„Nee, ich kann mich nur daran erinnern, dass er und Ernst

sich über einen Dealer beschwert haben, über so 'ne typische Sache, nämlich, dass er sie übers Ohr gehauen hat."

„Den Namen von dem Dealer haben sie nicht erwähnt?"

„Nee, hab keenen Namen gehört."

„Könnte der Dealer Torben gewesen sein? Haben Sie mal von ihm Drogen bekommen?"

„Nee, ick hab jar nich gewusst, dass Torben auf Drogen macht. Ick hab jedacht, der is 'n voll sauberer Familienvater." Sie presste die Lippen zusammen. „Vielleicht hätten wir uns dann besser verstanden. Der mit seinem Streber-Komplex … Keener durfte besser arbeiten als er. Wenn man mal was besonders schön gepflanzt hat, war man 'n Streber, wenn man 'n Lob vom Chef bekommen hat, war man 'n Streber … Dabei war er der größte Streber."

„Sehen das die Kollegen auch so?" Felix sah in die Runde. Ein Mann und eine Frau nickten, nur der zweite Mann schüttelte den Kopf. „Bei mir hat er nichts Derartiges von sich gegeben, aber ich bin auch erst seit Kurzem hier."

„Zu mir hat er das schon auch mal gesagt, doch ich hab das nicht so ernst genommen. Für mich gibt's schlimmere Schimpfwörter als Streber", sagte der andere, der älter wirkte.

„Mich hat's auch nicht gestört. Ich hab das eher als Witz empfunden, ich hab ihn dann einfach ‚neidischer Spießer' genannt und dann haben wir beide gelacht, also der Torben und ich", stimmte die Kollegin zu. „Waren Sie am Tag, als Torben gestorben ist, hier im Schlosspark?", wandte sich Felix wieder an die Berlinerin. „Nee, da hatte ich frei", antwortete diese.

„Könnten Sie mir die Adresse von Ihrem Freund Ernst geben? Und am besten auch eine Beschreibung, wie er aussieht", fragte Felix weiter.

„Aber nur, wenn sie Ernst wegen den Drogen nicht bei der Polizei verpfeifen." Die vermeintliche Berlinerin steckte ihre Hände in die Seitentaschen.

„Ich versprech es Ihnen. Den Mord aufzuklären, ist jetzt wichtiger als ein paar Gramm Marihuana", sagte Felix. Er war sich zwar nicht sicher, ob dieser Tobias wirklich derjenige sein könnte, der mit Torben zusammen gesehen worden war, aber zumindest lohnte es sich, eine Spur in der Drogenszene zu verfolgen.

„Okay, also der heißt Ernst Heimloth mit t h und wohnt in der Oberlandstraße in München. Die Hausnummer weeß ick leider nicht. Aber das is am Hasenbergl, in der Nähe von dem Stammplatz, also dem Esther-Degen-Platz, wo sie sich immer treffen." Sie atmete tief durch. „Und sein Aussehen: Er ist nicht so groß, 'n bisschen größer als ich, hat dunkle, kurze ganz lockige Haare und natürlich 'n ganz schönen Bauch, weil er so viel Bier trinkt …"

„Irgendwas, was besonders an ihm auffällt?", fragte Felix dazwischen.

„Die Locken würd ich sagen, die sind so wie bei dem Komiker, wie heißt er, Atze oder so?"

Felix notierte sich alles und bedankte sich überschwänglich.

„Herzlichen Dank. Äh, wie heißen Sie?"

„Lisa Bauer."

„Also, ich bedanke mich ganz herzlich. Ich glaube, Sie haben mich echt weitergebracht." Er verabschiedete jeden einzeln mit einem Händedruck, sprach besonders Herrn Lorenzen seinen Dank aus und ging dann zu seinem VW-Golf.

Im Auto versuchte Felix, Fumi anzurufen, um sie zu fragen, ob er weiter nach München fahren könne oder ob sie ihn brauchte. Da niemand ans Telefon ging, entschied er sich, an den Esther-Degen-Platz im Hasenbergl zu fahren. Die Adresse tippte er in sein Navi und fuhr los. Da sich der Berufsverkehr schon aufgelöst hatte, kam er schnell ans Ziel. Er parkte in der Oberlandstraße, die ungefähr 300 Meter vom Esther-Degen-Platz entfernt lag. Mit offenen Augen schlenderte er zu der verkehrsberuhigten Stelle, darauf hoffend, einem superlockigen Mann mit Bierbauch und einem dürren Glatzkopf mit Ohrring und Tätowierungen zu begegnen. Enttäuschenderweise war der Platz vollkommen leer und die paar Passanten, die seinen Weg kreuzten, bestanden aus älteren Frauen mit Rollatoren oder Einkaufskörben auf Rädern. Felix setzte sich auf eine Bank und überlegte. Sollte er hier sitzen, bis die besagten Personen auftauchten? Oder war es besser, nach der Adresse von Ernst Heimloth in der Oberlandstraße zu suchen? Er entschied, dass er eine Pause brauchte und griff nach einem der Müsliriegel, die er immer als Snack in seinem Rucksack hatte. Er seufzte. Wenn er seine Gedanken schweifen ließ, landeten sie automatisch bei seiner geliebten, viel älteren Schwester, die in den USA ermordet worden war. Nach dem Abitur hatte sie als Aupair-Mädchen in South Carolina gearbeitet, wo sie von einem Barbesuch mit Freunden nicht zurückgekehrt war. Erst zwei Monate später hatte man ihre Leiche in einem Waldstück gefunden. Obwohl die tragische Geschichte vor fünfzehn Jahren passiert war, führte die amerikanische Polizei den Fall noch immer als Cold Case, als unaufgeklärten Fall. Zuerst wurde die Schwester als Ausreißerin eingestuft, und nachdem die Leiche gefunden worden war, gab es ein paar Wochen halbherzige Versuche, den Fall aufzuklären. Schließlich stellten die Beamten die Suche ein – aus Personalmangel, wie es hieß. Damals hatte er sich geschworen, sein Leben der Verbrechensbekämpfung zu widmen, und zwar ohne die bürokratischen Hürden eines Staatsapparates. Er schüttelte seinen Kopf, um die Gedanken zu verscheuchen. Den Schmerz, der ihn und seine in einer Kleinstadt im Allgäu lebenden Eltern seitdem nicht mehr losließ, konnte er damit jedoch nicht wegzaubern. Nur betäuben konnte man ihn. Durch Lesen zum Beispiel. Er zerknüllte die Plastikumhüllung des Müsliregels, die er geistesabwesend in seiner Hand gehalten hatte, während er aß und steckte sie dann in die Hosentasche. Aus seinem Rucksack nahm er sein Smarthphone und öffnete den iBookstore, um das Fachbuch „Wie observiere ich als Privatdetektiv" weiterzulesen.

Kapitel 9

Fumi war inzwischen in Glattfelden angekommen.
„Herr Probst, der Nachbar, den Sie befragen wollen, sitzt schon im Wohnzimmer", begrüßte sie Frau Schepers.
„Das ist schön", sagte Fumi, während sie hinter Frau Schepers herging. Auf dem grauen Sofa saß ein Hüne von einem Mann, bestimmt über einen Meter neunzig, wohl um die siebzig Jahre alt, ein weißer Haarkranz schlang sich um seinen Kopf. Er sah beklommen aus und schien nicht zu wissen, wohin mit seinen langen Beinen. Abwechselnd zog er sie neben dem niedrigen Wohnzimmertisch aus dunkelbraunem Holz vor und zurück.
„Ich bin Privatdetektivin Geiger und helfe der Polizei bei der Lösung des Mordversuchs an Herrn Schepers", stellte sich Fumi vor, nachdem sie sich gesetzt hatte.
„Die Silke, ich mein, die Frau Schepers hat mir schon von Ihnen erzählt. Neet zum Glauben, des mit dem Hermann", sagte er, wobei es ihn deutliche Anstrengungen kostete, Hochdeutsch zu sprechen.
„Könnten Sie mir genau beschreiben, was Sie an dem besagten Tag gesehen haben?" Fumi wollte gleich zur Sache kommen, ohne Zeit mit Smalltalk zu verschwenden.
„Also, ich war gerade neben der Garage und hab unseren Sommerflieder zurückgeschnitten. Dann ist da dieser uralte

Toyota vorgefahren – ich hab mir nur gedacht, dass der noch fährt? So ein alter Karren war das."

„Um wie viel Uhr war das?"

„So genau erinnere ich mich nicht. Aber es muss so um zwei herum gewesen sein. Dann ist da ein ganz unheimlicher Typ ausgestiegen, mit Sonnenbrille und tätowierten Armen."

„Können Sie den Mann detailliert beschreiben?"

„Ich versuch's. Also, er war sehr schlank, hat keine Haar ghabt, so kahlrasiert war der, die Augen hab ich net gsehen, weil er eine dunkle Sonnenbrille aufghabt hat … ja, was noch?" Herr Probst rieb sich die Haut unter der Nase. „Ich glaub, des Oberteil war weiß …"

„Welche Tatoos hatte er?"

„Ta … was?"

„Tätowierungen."

„Da fragen Sie mich was." Er kratzte sich am Kopf. „Ah, a nackte Frau war da … Da dran kann ich mich erinnern."

„Und wie ging es weiter?"

„Also, dann is der Hermann kurz rausgegangen und hat mit ihm geredet. Der Fahrer is wieder in sein Auto gestiegen, is in die Garage gefahren und der Hermann is hinterher gegangen. Dann hab ich weggeschaut, hab weitergeschnitten und wie ich wieder hingeschaut hab, war der Dürre wieder draußen gestanden und hat sich eine Zigarette angezündet."

„Und weiter?" Fumi beugte sich gespannt nach vorn.

„Dann hat der mich ganz bös angestarrt, so weit ich des wegen der Sonnenbrille beurteilen kann. Ich hab ma denkt, was hat denn der? Irgendwie nervös war er auch. Mit seiner freien Hand hat er sich auf die Hüfte geklopft, also so." Zur Demonstration legte sich Herr Probst eine Hand auf den Oberschenkel und tippte mit allen Fingern darauf herum. „Dann bin ich nach hinten zum Gartenhäusl gegangen, weil

64

ich irgendwas gebraucht hab, ich glaub, a bessere Gartenschere für dickere Zweige oder so. Wie ich wieder nach vorne gekommen bin, war der Kerl weg, aber ich hab was Verbranntes gerochen. Was mir dann noch seltsam vorgekommen ist …, des war a weißer Wagen, der mit quietschenden Reifen um die Ecke gekurvt und ganz schnell weggefahren is. Ich hab's leider neet gscheid gesehen, aber ich glaub, da war eine Frau mit dunkler Sonnenbrille auf dem Fahrersitz."
„Sie glauben, das war das Fluchtauto?"
„Hundertprozentig kann ich's neet sagen, aber ich glaub ja." Herr Probst presste die Lippen aufeinander und wippte langsam seinen Kopf auf und ab.
„Haben Sie die Fahrerin deutlich gesehen?"
„Nein, leider nicht. Aber ich hab kurz aufs Kennzeichen geschaut und es war ein M und dann ein K und A, also von innerhalb Münchens, nicht vom Landkreis. Die Zahlen hab ich mir leider nicht merken können."
Fumi schrieb „M-KA" und setzte ein Ausrufezeichen dahinter. „Die Marke haben Sie sich nicht gemerkt?"
„Nein, aber ein S hab ich am Kühlergrill gesehen. Vielleicht war's ein Suzuki."
„Es war auch sicher kein Seat?", fragte Fumi nach.
„Stimmt, die ham auch so ein S, aber ich glaub, es war eher das Suzuki-S. Das kenn ich, weil ich früher auch einen Suzuki gefahren bin."
Fumi schrieb eifrig weiter. „Was ist dann passiert?"
„Dann sind die weggefahren – ja und dann bin ich dem verbrannten Geruch nachgegangen, in Richtung von den Schepers. Das Garagentor war zu – und ich hab schon gedacht, ich hab mich getäuscht – vielleicht war es ja nur der Zigarettengeruch, der noch in der Luft gehangen ist – also wollt ich wieder zu meinem Sommerflieder gehen, wollt schon

weiter schneiden, da hör ich die Silke ‚Hermann, Hermann' rufen." Er wischte sich mit einer Hand über die Stirn. „Dann hab ich alles stehen und liegen lassen und bin zum Nachbarhaus, also hierher gelaufen. Ich hab versucht, mit meinem Körpergewicht die Tür aufzubrechen, aber des war unmöglich. Der Thomas ist dann auch aus seinem Zimmer gekommen und hat auch versucht zu helfen – er hat am Garagentor gerüttelt wie blöd, aber es hat alles nichts genützt. Und dann hat die Silke zu mir gesagt: ‚Du rufst die Feuerwehr und ich hol an Hammer, um den Hermann rauszuholen.' Des hab ich dann mit dem Handy gemacht und dann wollte ich der Silke helfen, die Tür da aufzubrechen. Die Silke hat mit dem Hammer aufs Schloss draufgehaut und ich hab mich wieder und wieder mit der Schulter gegen die Tür geschmissen, aber es hat nix genützt. Nur die Schulter tut mir jetzt noch weh." Er rieb sich mit der linken Hand an der genannten Stelle. „Dann is zum Glück die Feuerwehr gekommen, die ich gerufen hab, und die ham die Tür in Null Komma Nix aufghabt. Die sind gleich rein und haben den Hermann rausgetragen. Ein Arzt war auch dabei, der hat dann schnell erste Hilfe geleistet und dann is auch schon der Hubschrauber überm Haus gekreist. Des war laut." Jetzt rieb er sich beide Ohren. „Wie der Helikopter gelandet ist, da vorn auf der Straße, war das Feuer schon gelöscht. Und dann hat man den ganzen Schaden gesehen. Der ganze Innenraum verkohlt." Er schüttelte den Kopf. „Aber ich war froh, wie die gesagt haben, dass der Hermann noch lebt."

„Wie kann es sein, dass beide Türen, also die Garagentür und die Verbindungstür abgesperrt waren? Hat jemand anderes als diese Familie noch einen Schlüssel?", fragte Fumi.

„Da bin ich jetzt auch überfragt." Herr Probst sah zu Frau Schepers, die bis jetzt nur hin und wieder ein Nicken zu seinen Erläuterungen beigetragen hatte.

„An der Verbindungstür war immer der Schlüssel innen gesteckt. Damit hat der Hermann die Tür jeden Abend von innen vom Haus aus abgeschlossen. Der Schlüssel ist weg, wie vom Erdboden verschwunden", sagte Frau Schepers und beugte sich vor. „Und das mit dem Garagentor ist ganz komisch. Von innen kann man es nur verschließen, wenn man einen Knopf von links nach rechts schiebt. Den hätte Hermann aufbekommen können. Doch der Knopf war abgebrochen. Und von außen braucht man einen passenden Schlüssel. Aber soviel ich weiß, haben den nur Hermann, Thomas und ich." Sie sah nachdenklich an die Decke. „Vielleicht auch Alex, aber da bin ich mir nicht si…." Ihre Stimme erstarb.

Fumi zog die Augenbrauen zusammen. „Moment mal, hätten Sie die Garagentür nicht mit diesem Schlüssel aufsperren können?" „Wie denn? Die ist doch voll in Flammen gestanden", sagte Frau Schepers schrill.

Herr Probst nickte zustimmend. „Des war schon ein einziger Feuerball. Da hat ma net mehr viel aufsperren können. Des war viel zu heiß."

„Verstehe." Fumi schlang die Beine übereinander. „Ich hab das Schloss schon inspiziert und was ich in dem verkohlten Zustand sehen konnte, war, dass es jeder von innen verschließen kann, auch wenn er keinen Schlüssel hat – wegen dem Knopf, den man nur nach rechts verschiebt – und der jetzt nicht mehr vorhanden ist. Deshalb gibt es zwei Möglichkeiten: Entweder hatte der Täter einen Schlüssel oder er hat die Garagentür zuerst von innen abgeschlossen, dann das Schloss zerstört, ist durch die Verbindungstüre gegangen und hat diese mit dem Schlüssel, der immer innen gesteckt hat, von außen abgesperrt, den dann abgezogen und mitgenommen. Die Haustür ist ja gleich daneben und dadurch ist er dann entkommen. Und das äußere Gartentor war offen."

„Aber wieso soll jemand dem Hermann sowas antun? Das versteh ich einfach nicht." Frau Schepers bedeckte die Augen mit beiden Händen und begann, hemmungslos zu schluchzen.

Fumi räusperte sich. „Sie sind sich sicher, dass Edmund keinen Schlüssel hat?" Sie musste etwas warten, bis sich Frau Schepers wieder beruhigt hatte.

„Beim letzten Treffen hat er uns alle Schlüssel zurückgegeben," sagte sie schließlich, während sie sich die Augen mit einem Taschentuch abtupfte. „Natürlich kann er einen nachgemacht haben. Aber der Edmund täte doch sowas nicht."

„Würden Sie Edmund so etwas zutrauen?", fragte Fumi Herrn Probst. Dieser wandte den Oberkörper hin und her, indem er seine Schultern abwechselnd nach oben zog. „Also, tut mir leid, Silke, wenn ich des sag: Sowas hätt ich eher dem Hermann zugetraut. Der war als Kind manchmal ganz schön frech zu mir. Der Edmund hat sich immer nett und höflich verhalten. So vom Charakter her trau ich dem Edmund des net zu. Es sei denn ..." Er blickte auf seine Fußspitzen.

„Es sei denn ...?", ermunterte ihn Fumi.

„Es sei denn, der Edmund wollte sich rächen."

„Rächen wegen was?", fragte Fumi.

„Wegen der Enterbung ... Die zwei haben sich nie gut verstanden. Ich hab ja im Garten oft mitgekriegt, wie der Hermann mit dem Edmund geredet hat. Immer von oben herab und wie ma in Bayern sagt, so gscherd, so ohne Respekt."

„Aber das ist doch ganz normal unter Geschwistern, dass man mal was Ungehöriges sagt", wandte Frau Schepers ein.

„Na, mein Bruder und ich behandeln uns nicht so. Und wenn's mal so war, dann sind unsere Eltern immer eingeschritten."

„Was soll das heißen?" Frau Schepers schnaubte.

„Na ja, die Eltern, also jetzt die Großeltern, die hätten dem Hermann schon mal Grenzen aufzeigen können. Aber der war ja immer der Liebling von seinem Vater. Meiner war er nicht. Ich hab mich immer gfreut, wenn ich den Edmund gesehen hab. Der hat immer freundlich gegrüßt, der war net so arrogant wie der Hermann."

„Man könnte fast meinen, *du*, Walter, hast den Hermann verbrennen wollen." Mit einem Mal funkelten Frau Schepers nasse Augen geradezu böse.

„Ach, Schmarrn." Herr Probst wandte den Kopf zur Seite und machte eine wegwerfende Handbewegung. „Ich sag nur, sympathischer war mir immer der Edmund."

„Edmund Schepers hat ein Alibi. Ich war letzten Samstag bei ihm", warf Fumi ein und bemerkte, wie sie damit beide überraschte. „Vielleicht nicht das beste Alibi, das heißt, seine Frau hat bestätigt, dass er zum Tatzeitpunkt mit ihr zu Hause Mittag gegessen hat, aber immerhin ein Alibi."

„Aha", sagte Frau Schepers.

„Grüß Gott." Ein älterer, leicht gedrungener Herr mit schütteren grauen Haaren stand auf einmal im Türrahmen des Wohnzimmers.

„Das ist mein Schwiegervater", stellte Frau Schepers den Neuankömmling vor. „Und das ist Frau Geiger, die Privatdetektivin."

Herr Schepers senior reichte Fumi die Hand. Fumi erhob sich während der Begrüßung leicht. „Es ist gut, dass Sie sich um die Sache kümmern. Die Polizei spinnt meines Erachtens. Da zahlt ma Steuern und dann behandeln die Staatsdiener oan so. Meiner Schwiegertochter einen Mordversuch unterzujubeln – so ein Schmarrn." Er griff sich an die Stirn, während er sich mit einem Ächzen auf das Sofa neben Frau Schepers setzte.

„Herr Schepers, darf ich Ihnen ein paar Fragen stellen zu

dem Tag, an dem das passiert ist? Wie haben Sie ihn erlebt?" Sie wollte ihm nicht das Gefühl geben, verhört zu werden, deshalb die Wortwahl.

„Ja, also, wie hab ich den Tag erlebt? Als Albtraum täte ich sagen." Er strich sich über den halbkahlen Kopf.

„Was ist genau passiert?"

„Ja mei, mir ham Mittag gessen und gleich danach is der Hermann in die Garage gegangen. Zuerst hab ich der Silke beim Geschirr abtragen und so geholfen. Dann bin ich hierher ins Wohnzimmer, weil um die Zeit immer meine Lieblingssendung kommt, ‚Der Bergdoktor'. Ja, und kaum hab ich den Fernseher eingeschalten, dann is draußen der Radau losganga … Die Silke hat gschrien, der Walter war auf einmal bei uns im Hof, ich bin raus in die Einfahrt, aber ich war so vor'm Kopf geschlagen, dass ich nur dagstanden bin, wie zur Salzsäule erstarrt, die Silke und der Walter haben versucht, die Tür aufzuhauen, mit einem Hammer, dann is der Thomas noch gekommen – ja, und an mehr kann ich mich jetzt nicht mehr erinnern, bis der Hubschrauber gekommen ist."

„Ich bin mittlerweile von dem Zwist zwischen Ihren Söhnen in Kenntnis gesetzt worden. Edmund Schepers hat noch kein absolut wasserdichtes Alibi, also… würden Sie Ihrem Sohn Edmund solch eine Tat zutrauen – aus Rache?" Er schüttelte den Kopf und starrte auf die Hände auf seinen Knien. „Na, des is traurig mit dem Edmund, aber sowas … naaa." Ein langgezogenes bayerisches Nein.

„Haben Sie noch Kontakt zu ihm?"

„Nein, der redet ja nicht mehr mit uns. Er versteht einfach nicht, dass der Hermann viel mehr für uns getan hat. Dem Edmund seine Ausbildung war teurer. Der hat's Fachabitur gemacht und ist dann Informatiker geworden. Des hat alles mehr gekostet wie beim Hermann mit der Realschule und der Kfz-Mechaniker- oder Mechatroniker-Ausbildung oder

70

wie des heute heißt." Er hielt kurz inne. „Ja, und jetzt arbeitet der Edmund in einer Bank. Da verdient ma doch gut. Deshalb hab ich gedacht, des is kein Problem, dem Hermann das ganze Haus zu schenken. Aber mei" – er zuckte die Schultern – „da hab ich mich geirrt."

„Schließlich haben wir uns ja immer um die Eltern gekümmert. Er hat da fast nix gemacht", sagte Frau Schepers.

Fumi erinnerte sich daran, wie anders Edmund ihr den Fall geschildert hatte – dass Hermann nur zu faul zum Ausziehen war und eigentlich die Schwiegertochter seit dem Tod seiner Mutter die ganze Hausarbeit stemmte. Ein Motiv wäre dieser Streitfall ganz bestimmt. Sie entschied sich, dass sie ein besseres Alibi von Edmund brauchte, wenn sich nicht bald eine andere Spur auftat.

„Dieser dünne Mann mit den Tätowierungen, den Frau Schepers und Herr Probst gesehen haben – ist der jemand von Ihnen ein Begriff? Kann es sein, dass Hermann ihn kannte?", fragte Fumi.

„Ich hab noch nie einen dürren Mann mit Tätowierungen im Umkreis von Hermann gesehen." Frau Schepers schüttelte den Kopf. „Ich auch nicht", pflichtete Herr Probst ihr bei.

„Hermann hat auch keine Drogen genommen? Der Mann hätte nicht sein Dealer sein können, bei dem er Schulden hatte?", hakte Fumi nach.

„Also wirklich nicht", brüskierte sich Frau Schepers.

„Naaa," kam es fast gleichzeitig von Herrn Schepers senior.

„Bei den jüngeren Leuten weiß man's natürlich nie, aber ich hab beim Hermann noch nie an Drogen gedacht", sagte Herr Probst. „Des würd ma doch riechen oder merken, wenn die komisch drauf sind, aber ich kann mich beim Hermann an sowas nicht erinnern."

„Dann fallen mir nur zwei Sachen ein: Entweder war der

Täter ein Pyromane, so nennt man Brandstifter, die ohne ersichtlichen Grund zwanghaft Feuer legen, oder der Mann war ein Auftragsmörder", sagte Fumi.

„Ein was?" Frau Schepers zog die Augenbrauen nach oben.

„Ein Auftragsmörder ist jemand, der eine andere Person für Geld umbringt. Er ist bloß der Ausführende. Nur, wer war der Auftraggeber?" Fumi überlegte, ob es weise war, Frau Schepers von dem Mord im Schleißheimer Schlosspark zu erzählen. Da ihr nichts einfiel, was dagegen sprach, und da sie bis jetzt in diesem Gespräch fast nichts Neues erfahren hatte, wagte sie es, vorzupreschen. „Wir haben dieselbe DNA bei einem Ermordeten gefunden, der vor zwei Monaten im Schleißheimer Schlosspark tot zusammengebrochen ist. Kennen Sie einen Torben Bachmann?"

„Was, Torben? Die Preißen ham wirklich komische Namen." Herr Probst grinste und zog einen Mundwinkel nach oben. Hermanns Vater nickte zustimmend.

„Torben Bachmann? Nie gehört", sagte Frau Schepers.

„Er war ein Landschaftsgärtner, der im Mai im Schlosspark an einer Belladonna-Vergiftung gestorben ist. Eigentlich war es ein Mix aus Belladonna und Fliegenpilz, aber egal."

„Sagt mir überhaupt nichts", seufzte Frau Schepers. Na wunderbar, hier war Fumi fast nicht weitergekommen. Nur der weiße Suzuki mit dem Kennzeichen M-KA könnte eine vielversprechende Spur sein. Hoffentlich hatte Felix mehr vorzuweisen.

„Könnte ich vielleicht auch noch Thomas, ihren jüngeren Sohn befragen? Ist er gerade hier im Haus?"

„Ja, ich ruf ihn schnell. Der ist in seinem Zimmer und macht Hausaufgaben. Das hoffe ich zumindest." Frau Schepers stand auf und ging zur Treppe, um ihren Sohn zu rufen.

„Außerdem möchte ich noch die Arbeitskollegen von Hermann interviewen. Sie wissen nicht zufällig die Adresse der Werkstatt, wo Herr Schepers arbeitet?", fragte Fumi Walter

72

Probst, um die Gesprächspause zu füllen.

„Doch, die heißt Firma Weißmüller, warten Sie … in der Tettertstraße, Einbergen. Die Hausnummer weiß ich leider nicht, aber die Werkstatt ist groß und nicht zu verfehlen. Die liegt in dem Industriepark dort", gab Herr Probst bereitwillig Auskunft. Da kamen Mutter und Sohn ins Wohnzimmer. „Das ist mein Sohn Thomas", stellte Frau Schepers den Akne geplagten Teenager vor. Er gab Fumi die Hand, murmelte ein kaum hörbares ‚Grüß Gott' und setzte sich. „Ich weiß, dass die Polizei Ihre Mutter oder Sie in Verdacht hat, den Brandanschlag ausgeführt zu haben. Deshalb wurde ich beauftragt, Untersuchungen anzustellen, um sie zu entlasten. Trotzdem muss ich Sie fragen, wo Sie sich zum Tatzeitpunkt aufgehalten und was Sie gemacht haben", erklärte Fumi ohne Umschweife. Thomas nickte leicht und setzte an: „Also, ich war in meinem Zimmer und hab gerade angefangen, Zelda zu spielen, das is so 'n Nintendo-Computerspiel. Und dann hör ich da unten auf einmal den totalen Aufruhr. Meine Mutter hat ‚Hermann, Hermann' geschrien – und dann hab ich noch 'ne Männerstimme gehört – und dann bin ich erschrocken runtergelaufen von meinem Zimmer – das liegt im oberen Stock. Ja, und dann seh ich, dass meine Mutter und der Walter versuchen, die Verbindungstür zur Garage aufzubekommen und ich frag: ‚Was is los?' ‚Der Papa ist dort drin in der Garage und es brennt' hat meine Mutter geschrien. Ich wollte zum Garagentor, um es aufzumachen, aber ich bin nicht weit gekommen, weil da meterhohe Flammen raus… rausgeschlagen sind. Dann hab ich den Walter gehört, wie er die Feuerwehr mit dem Handy ruft – und schließlich hab ich mich auf den Boden gesetzt, weil ich nicht mehr gewusst hab, was ich tun soll."

„Sie waren geschockt", bemerkte Fumi wie eine Therapeutin.

„Ja, total. Und dann ist der Hubschrauber gekommen – und

ich war wie gelähmt, ich hab mich kaum rühren können."

„Wie ist die Polizei darauf gekommen, dass Sie ein Tatverdächtiger sein könnten? Hatten Sie in letzter Zeit irgendwelche Probleme mit Ihrem Vater?", fragte Fumi.

„Fragen Sie mich was Leichteres. Ich hatte nie besondere Schwierigkeiten mit ihm, vielleicht war er mal sauer, dass ich so schlecht in Englisch bin und zu viel Zelda spiel, aber das is ja ganz normal. Fast jeder Bub in der Schule hat Probleme mit den Eltern, weil die Computerspiele viel interessanter sind als die doofen Schulfächer." Wie viele junge Leute in Bayern sprach er wesentlich weniger Dialekt als die ältere Generation.

„Ihr Vater hat nicht gedroht, Sie zu enterben oder sonst etwas Schlimmes zu machen, wenn Sie nicht mehr lernen?"

„Nein, er hat nur mein Taschengeld um fünf Euro im Monat gekürzt, aber trauen Sie mir echt zu, dass ich wegen – was is es, fünf mal zwölf, also dass ich wegen 60 Euro im Jahr meinen Vater umbring?" Fumi sah Tränen in seinen Augen aufblitzen. „Ich hab 'nen echt guten Nebenjob, so 'nen Minijob, in 'nem Computerladen in Einbergen, fast gleich neben der Werkstatt, wo mein Vater arbeitet. Da helf ich jeden Freitagnachmittag nach der Schule im Lager. Die 60 Euro hab ich so locker wieder drin."

„Und da bekommen Sie so circa 450 Euro im Monat, also ich meine, durch den Minijob?", hakte Fumi nach.

„Genau". Seine schulterlangen Haare wippten auf und ab.

„Haben Ihnen die Polizeibeamten gesagt, warum sie Sie verdächtigen?"

„Die haben gemeint, dass es meistens die Leute aus der Familie sind, die sowas machen, wenn mein Vater keine offensichtlichen Feinde hatte. Und ich hab ihnen erzählt, dass meine Eltern öfters streiten, und auch von der Taschengeldkürzung, und sofort haben die uns zu den Haupttatverdächtigen erklärt."

„Es liegen aber noch nicht genügend Beweise gegen Sie beide vor. Sonst wären Sie nämlich schon in Untersuchungshaft." Thomas zuckte die Schultern, während Frau Schepers hörbar seufzte. „Und ich hoffe, Sie können uns helfen, dass es auch so bleibt, bis der richtige Täter gefunden ist", sagte diese nachdrücklich.

„Herr Rautenberg und ich tun unser Bestes, um den wahren Schuldigen zu finden. Bis jetzt hören sich Ihre Aussagen alle sehr stimmig und konsistent an. Sie dürfen mir aber nichts verschweigen. Ich kann Ihnen nur helfen, wenn Sie wirklich sämtliche Karten auf den Tisch legen." Fumi sah alle der Reihe nach an. Thomas, Herr Schepers senior und Walter Probst blickten ihr direkt in die Augen, während sie nickend Zustimmung ausdrückten, nur Frau Schepers sah auf den Boden. Fumi kniff die Augen zusammen und ließ diese auf dem hängenden Kopf von Thomas' Mutter ruhen. Diese sah aus, als ob etwas in ihr arbeitete. „Frau Schepers?", sprach Fumi sie an, in der Hoffnung, dass sie noch etwas Wichtiges beisteuerte, doch sie hob nur den Kopf, lächelte gequält und sagte: „Natürlich. Sie können sich auf uns verlassen." Fumi runzelte die Stirn und sagte ein paar Sekunden nichts. Vielleicht würde Frau Schepers noch mit etwas rausrücken. Doch sie schwieg.

„Noch eines: Führt Ihr Mann einen Terminkalender?", fragte Fumi nach der Gesprächspause. „Ja, den hat die Polizei mitgenommen", entgegnete Frau Schepers.

„Schade. Vielleicht wäre dort ein Hinweis gewesen." Fumi seufzte. „Wenn Sie sonst nichts mehr zu sagen haben, dann suche ich die Firma auf, wo Ihr Mann arbeitet. Vielleicht kann ich dort etwas herausfinden." Sie erhob sich.

„Das ist die Werkstatt Weißmüller ...", sagte Frau Schepers. „Ich hab's ihr schon gsagt", fiel Herr Probst ein. „Nur die Hausnummer fällt mir nicht ein. Wisst ihr die?" Er sah die drei Schepers fragend an. „Die weiß ich jetzt auch nicht auf

Anhieb", enttäuschte auch Frau Schepers und die beiden
Männer schüttelten den Knopf.

„Die find ich bestimmt im Internet", sagte Fumi wohlmei-
nend.

„Ist auch nicht zu übersehen, in der Tettertstraße, da wo die
vielen Autos davor stehen", erklärte Herr Probst. Fumi bedankte sich bei allen mit Handschlag für das Gespräch, bekräftigte noch einmal, dass sie alles in ihrer Macht Stehende
tun würde, um den Fall aufzuklären und ging hinaus zu ihrem Auto.

Kapitel 10

Fumi tippte ‚Autowerkstatt Weißmüller' in ihr Navigati-
onsgerät, das die Adresse sofort fand und ihr anzeigte, dass
sie in zwölf Minuten ankommen würde. Eigentlich wollte
sie das Gespräch noch einmal auf sich wirken lassen, irgendetwas in ihr jedoch trieb sie an, keine Zeit zu verschwenden. Nach gut zehn Minuten fuhr sie auf einen Parkplatz,
der sich neben einem Firmen- und Geschäftskomplex befand. Auf einem Gebäude war in großen Druckbuchstaben
‚Werkstatt Weißmüller' zu lesen. Sie stieg aus dem Auto
und ging zum offenen Werkstatttor. „Entschuldigung, ist
dort jemand?", rief sie, während sie an eine Wand klopfte.
„Ja?" Unter einem Auto, das wohl zwei Meter über dem Boden an einer Hebebühne hing, ertönte eine junge, männliche Stimme. Fumi ging darauf zu. „Darf ich Sie fragen, ob
Sie Hermann Schepers kennen?" „Natürlich, das ist ein Kollege", sagte der dunkelblonde Mann und rieb sich die
schwarz verschmierten Hände an einem Tuch ab. Er war
groß und relativ schlank, soweit es unter dem blauen,
schlapprigen Overall zu erkennen war. „Aber der ist nicht
da, weil er seit einigen Tagen krankgemeldet ist. Ich bin

seine Vertretung."

„Sie wissen, warum er krank ist?"

„Ja, schon, aber … aber gegenüber den Kunden habe ich so-was wie eine Schweigepflicht. Deshalb darf ich Ihnen nichts sagen. Geht es um ein Kfz, das Sie hier zur Reparatur gege-ben haben?" Er verschränkte die Arme.

„Nein, ich bin Privatdetektivin und bin von Frau Schepers beauftragt, herauszufinden, warum ihr Mann Opfer eines Brandanschlages wurde."

„So?" Er schaute skeptisch. Fumi nahm ihren Ausweis und hielt ihn dem Mechaniker vor das Gesicht. „Dürfte ich mit Ihnen und Ihrem Chef sprechen?"

„Ja, wenn's sein muss. Der Chef ist im Büro, da hinten." Er zeigte auf eine Tür. „Kommen Sie mit." Er setzte sich in Be-wegung, klopfte an die Tür und öffnete sie. Fumi folgte ihm.

„Werner, da ist eine Privatdetektivin, die dich wegen Her-mann sprechen will."

Hinter einem Schreibtisch, auf dem sich links und rechts in krasser Unordnung meterhoch Papiere stapelten, saß ein grauhaariger Mann. „Privatdetektivin?!" Er sah Fumi mit hochgezogenen Augenbrauen an.

„Sie wissen, was mit Herrn Schepers passiert ist?", fragte Fumi.

„Ich weiß nur, dass er wegen einem Brand in seiner Garage im Krankenhaus ist."

„Das Feuer könnte Brandstiftung gewesen sein und deshalb ermitteln die Polizei und mein Detektivbüro."

„Aha, und ich hab gedacht, er war wieder mal unvorsichtig. Das ist er nämlich manchmal."

„Dagegen spricht, dass die Garage absolut verschlossen war, als der Brand ausgebrochen ist." Fumi sah sich um und zeigte mit dem Kinn auf einen Stuhl vor dem Schreibtisch. „Darf ich mich setzen?"

„Ja, von mir aus", grummelte Werner Weißmüller. Der

junge Mann lehnte sich gegen die Wand und musterte Fumi mit schmalen Augen.

„Könnten Sie mir etwas über Herrn Schepers erzählen? Über seine Persönlichkeit, sein Verhältnis zu seinen Kollegen?"

„Tja, er ist immer zuverlässig, aber nicht immer einfach." Einen kurzen Moment schwieg er, als ob er sich gut überlegen müsste, was er sagte. „Also, er ist nicht der freundlichste Mensch, hin und wieder hab ich mir schon überlegt, ihm eine Abmahnung zukommen zu lassen, weil er zu den Kunden so unfreundlich ist. Vor allem zu den Frauen, mei, da lässt er den Macho raushängen. Des ist zwar relativ normal unter Kfz-Mechatronikern, dass man mal hinten rum über Frauen und Technik oder so lästert, aber der sagt des den Frauen, also den Kundinnen, glatt mitten ins Gesicht. Und mir ist zu Ohren gekommen, dass Frauen unsere Werkstatt mehr und mehr meiden. Die fahren halt dann zur Konkurrenz nach Iffing, da haben die einen echten italienischen Charmeur und der gefällt denen natürlich besser."

„Das ist mir auch schon aufgefallen, dass wir im letzten Jahr fast nur Männer als Kunden hatten", pflichtete der junge Kollege seinem Chef bei. „Aber er sagt den Frauen doch hoffentlich nicht direkt, dass sie greislich sind?"

„Greislich? Sie meinen hässlich?" Dieses Wort kam im Zusammenhang mit Herrn Schepers wirklich ziemlich oft vor.

„Ja, der hat eine Obsession, wie soll ich sagen, die Frauen als greislich zu betiteln. Die ist eine Krähe und die andere ist eine Vogelscheuche … zuerst hab ich wirklich gedacht, die sind so hässlich, aber wie ich die dann gesehen hab, hab ich mir gedacht, dass der Hermann unter … wie nennt man das?" Der junge Mann schnippte mit den Fingern. „Geschmacksverirrung? Ja, unter Geschmacksverirrung leidet.

Der findet sogar die Cornelia Müller und die Tanja Schneider – zwei ehemalige Sekretärinnen - greislich und für mich sind des supersüße Mädels."

Herr Weißmüller lachte auf. „Ja, Peter, der würd wahrscheinlich sogar die Claudia Schiffer greislich finden, aber die kennst du wahrscheinlich nicht mehr. Die war noch vor deiner Zeit."

„Natürlich kenn ich die, aber die Jennifer Lawrence gefällt mir trotzdem besser", sagte der Untergebene und verzog die Lippen zu einem leichten Lächeln.

„*Die* kenn jetzt ich nicht." Der Chef schüttelte grinsend den Kopf.

„Hat es auch mal Probleme mit einem Kollegen gegeben? Oder mit einer Kollegin?", fragte Fumi.

„Mit einem Kollegen?" Herr Weißmüller stützte seine Ellbogen auf den Schreibtisch, ballte eine Faust, umschlang sie mit der anderen Hand und legte sein Kinn darauf. „Wie soll ich das jetzt sagen? Der Hans hat Leichtmetallfelgen gestohlen und der Hermann hat mir das gesagt. Darauf habe ich dem Hans gekündigt und der ist dann auf den Hermann losgegangen. Zuerst hat er ihn angeschrien, dass er ein blöder Lügner ist und dann wollte er mit dem Kerzenschlüssel auf den Hermann losgehen. Da bin ich dann eingeschritten."

„Ja, zuerst klaut er und dann missbraucht er noch unser Werkzeug als Waffe". Der junge Mann namens Peter verdrehte die Augen zur Decke.

„Dazu hat mir Hermanns Bruder Edmund gesagt, dass der Kollege – wie heißt er, Hans? Also dieser Hans hat die Leichtmetallfelgen gar nicht gestohlen", warf Fumi ein.

„Hermann Schepers hat ihm das untergeschoben, weil er neidisch auf ihn war."

„Was? Neidisch?" Werner Weißmüller ließ die Handflächen auf den Tisch fallen. „Wieso neidisch?"

„Wen hätten Sie als den besseren Kollegen bezeichnet, Hans oder Hermann?", fragte Fumi, während sie abwechselnd Peter und seinen Chef ansah.

„Hans", sagte Herr Weißmüller, ohne zu zögern.

„Würden Sie dies unterzeichnen?" Fumi sah zu Peter.

„Ich war damals noch in der Lehre, aber ich kann mich auch erinnern, dass die Kunden dem Hermann seine Arbeit öfter kritisiert haben als die vom Hans", sagte Peter und kratzte sich am Oberarm. „Manche haben sogar extra nach Hans gefragt und wollten nicht von Hermann betreut werden."

„Könnte es also möglich sein, dass der Hans Opfer von einer Intrige geworden ist?", hakte Fumi nach.

Herr Weißmüller zuckte die Schultern. „Mir ist das schon komisch vorgekommen, dass der gewissenhafte Hans auf einmal so was macht. Aber es sind ja oft die, denen man es nicht zutraut … Deshalb hab ich dann die Konsequenzen gezogen."

„Wollte Hans sich mit dem Brand vielleicht rächen, egal ob er jetzt von Hermann Schepers verpfiffen oder in die Pfanne gehauen worden ist? Trauen Sie ihm das zu?"

„Eigentlich nicht." Werner Weißmüller starrte auf die Tischplatte. „Aber ich hab ihm auch nicht zugetraut, dass er Felgen stiehlt."

„Wissen Sie, wo er jetzt arbeitet?"

„Hast du nicht gesagt, er arbeitet nun als Fahrzeugbewerter bei dieser Internet-Plattform?", fragte Herr Weißmüller zu Peter gewandt.

„Ja, da verkaufen sie gebrauchte Autos, dieses Wir-kaufen-dein-Auto Punkt de oder wie das heißt." Peter nickte.

„Gibt es da ein Büro oder arbeitet er von zu Hause aus?", fragte Fumi.

„Warten Sie, der Hans hat mir eine Visitenkarte gegeben, wie er noch ein letztes Mal hierhergekommen ist. Da, wann er sein Zeug abgeholt hat." Peter nahm einen Geldbeutel aus seiner Overall-Hosentasche und fingerte daraus eine zerknitterte Karte hervor. „Ich wollte sie eigentlich schon wegschmeißen, aber irgendwie hatte ich das Gefühl, ich brauch sie noch. Hier, die können Sie haben." Er streckte Fumi den kleinen Kartonschnitzel entgegen.

„Danke." Fumi nahm die Karte und sah darauf. „Haltwiesen, das ist der nächste Ort, oder?"

„Der übernächste", verbesserte Peter.

„Gibt es noch irgendwas, was Ihnen zu Hermann oder Hans einfällt? Hans hat keine Tätowierungen an den Armen und ist auch nicht auffällig schlank?"

„Nein, der hat einen Bierbauch und ist im Trachtenverein. Da machen sich Tätowierungen nicht so gut", grinste Herr Weißmüller.

„Ich frag nur, weil der letzte Mann, der bei Hermann vor der Garage gesehen worden ist, ein sehr dünner Mann mit Tätowierungen an beiden Armen war", erklärte Fumi.

„Nein, das war sicher nicht der Hans", pflichtete Peter seinem Chef bei. „Tja, dann danke ich Ihnen für Ihre Auskünfte. Ich werde trotzdem versuchen, mit Ihrem Ex-Kollegen zu sprechen. Vielleicht weiß er ja etwas Wichtiges, was uns auf die richtige Spur bringen könnte."

„Wenn Sie meinen. Schaden wird's wahrscheinlich nicht." Herr Weißmüller ergriff Fumis Hand und schüttelte sie. „Wenn's wirklich ein Anschlag auf Hermann war, würd ich mich freuen, wenn Sie den Täter finden könnten. Der Hermann mag ja manchmal ein Arsch sein, aber mit sowas sollte dann doch keiner ungestraft davonkommen."

„Mein Detektivbüro tut sein Bestes", versicherte Fumi.

„Übrigens…", setzte Herr Weißmüller an. „Also, vielleicht sollte ich Ihnen das auch noch sagen, der Hermann hat uns einen super Kunden vermittelt, eine Elektronikfirma am Rand von München. Da war er zwei Tage die Woche für die Wartung der Fahrzeuge im Furhpark zuständig."

„Könnten Sie mir sagen, wie die Firma heißt?"
„U.M.C, heißt sie", antwortete Peter. Fumi zog noch einmal
ihr Notizheft aus der Handtasche und kritzelte die Buchsta-
ben hinein. „Alles könnte interessant sein. Vielen Dank
nochmal." Da Peter zurück zur Hebebühne gehen musste,
begleitete er sie hinaus. „Dann hoffe ich auch, Sie können
den Täter ermitteln. Er ist zwar nicht mein Lieblingskollege,
aber er sollte doch Gerechtigkeit erfahren."

Im Auto nahm sie auf ihrem Fahrersitz Platz und ließ das
Gespräch noch einmal Revue passieren. Hermann war eher
von der unsympathischen Sorte, dazu ein frauenverachten-
der Macho. Außerdem könnte er ein Intrigant sein, was aber
nicht vollkommen bewiesen war. So hatten wohl viele Menschen ein Motiv, ihm Böses zu wollen. Aber wer? Ein hin-
tergangener Kollege oder gar eine verschmähte Frau? Nein,
letzteres war wohl doch zu lächerlich. Er schien nicht gerade ein Typ zu sein, in den sich Frauen leicht verliebten.
Sie überprüfte SMS- und E-Mail-Eingang auf ihrem Smartphone. Da sie keine Nachricht von Felix vorfand, schrieb sie
selbst eine SMS: „Alles klar bei Dir? Irgendwas Neues? LG
Fumi". Sie wiederholte die Prozedur des Adressetippens,
das mittlerweile fast jedem Autofahrer zur zweiten Natur
geworden war. Diesmal führte der Pfeil auf dem Bildschirm
zu einer Straße in Haltwiesen, nämlich zu der, die auf der
Visitenkarte von Hans Felten abgedruckt war. Dann fuhr
sie los. Die Sonne schien auf die Felder und tauchte die hü-
gelige Landschaft zwischen den Ortschaften in goldenes
Licht. Hätte sie sich nicht seelisch und mental auf die
nächste Befragung einstellen müssen, sie hätte die Schönheit der vollerblühten sommerlichen Natur genossen.

Kapitel 11

Das Büro von `WirkaufendeinAuto.de` lag am Ende des Ortes Haltwiesen auf einem Parkplatz vor einer Fabrikhalle. Darauf stand ein Container, der als Büro zu fungieren schien, und ein weißes Zelt, in dem gerade ein Auto inspiziert wurde. Das Licht heller Scheinwerfer drang durch Öffnungen nach draußen. Fumi parkte ihren Volvo, stieg aus und ging zum Zelt. Sie hoffte inständig, dass sie hier Hans Felten antreffen würde. „Entschuldigung!", sagte sie mit lauter Stimme und lugte durch die weißen Stoffvorhänge. „Wir sind noch nicht fertig. Bitte warte, bis du drankommst", sagte ein junger Mann. „Ich wollte nur mit jemandem red …". Die Worte blieben Fumi im Halse stecken. Der Mann war sehr schlank und hatte Tätowierungen auf den Armen. Fumi sah möglichst unauffällig darüber, konnte jedoch kein Motiv einer nackten Frau entdecken. Sie tastete die Arme noch einmal mit den Augen ab, aber die einzigen Bilder, die sie sehen konnte, waren Schmetterlinge, ein großer Anker und eine sinnlose Kombination von chinesischen beziehungsweise japanischen Schriftzeichen. Als in Deutschland aufgewachsene Japanerin, die jeden Samstag in eine japanische Zusatzschule gehen müssen hatte, konnte sie diese lesen. „Hallo! Hey, du!", drang die Stimme des Schlanken in ihre Konzentration. „Hörst du mich nicht? Warte gefälligst, bis du dran bist." Er winkte mit einer Hand vor ihrem Gesicht, als ob er sie aus einer Trance aufwecken wollte. „Ich möchte nur mit Herrn Hans Felten sprechen. Sind Sie das?", fragte sie rhetorisch, denn sie wusste, dass der Gesuchte ganz anders aussah. „Nein, der ist gerade beschäftigt." Er zeigte mit einem hochgestreckten Daumen nach hinten. „Es geht um den Brandanschlag auf Hermann Schepers. Ich möchte ihn als Zeugen befragen", erläuterte

Fumi.

„Um was geht es?" Ein mittelgroßer Mann mit leichtem Bauchansatz, den Fumi auf Mitte Vierzig schätzte, kam hinter dem blauen VW Eos hervor, der wohl gerade zum Verkauf angeboten wurde. „Um Hermann Schepers. Auf ihn wurde ein Brandanschlag verübt."

„Ein Brandanschlag? Was soll das heißen?"

„Wissen Sie davon nichts?"

„Wissen? Von was soll ich was wissen?" Er runzelte die Stirn.

„Von einem Brandanschlag auf Hermann Schepers", wiederholte Fumi und beobachtete den Mann aufmerksam. Auch schon kleine Anzeichen von körperlichen Reaktionen – ein zuckendes Augenlid, zusammengekniffene Lippen, Nicken, wenn die Person etwas verneinte – konnten aufschlussreiche Zeichen sein. Der Hinzugekommene dagegen stand nur mit leicht geöffnetem Mund da und starrte Fumi mit weit aufgerissenen Augen an.

„Auf Hermann ist ein Anschlag verübt worden?! Geht's ihm gut?", fragte er.

„Nein, er liegt in einem Spezialkrankenhaus für Schwerbrandverletzte. Sind Sie Herr Hans Felten?"

„Ja, der bin ich. Aber was … wie? Ich versteh nicht." Er sah aufrichtig bestürzt aus.

„Herr Schepers wurde in seine Garage eingesperrt, während ein Brand gelegt wurde. Mir wurde gesagt, dass Sie früher sein Kollege waren."

Er rieb sich ein Auge, das wohl gerade juckte. „Ja, das stimmt."

„Dürfte ich Ihnen dazu ein paar Fragen stellen? Ich bin eine von Frau Schepers beauftragte Privatdetektivin. Mein Name ist Fumi Geiger."

„Wenn Sie noch ungefähr zwanzig Minuten warten könnten? Dann bin ich mit dem Auto fertig und hab Zeit. Okay?"

84

„Gut, ich warte in dem grünen Volvo dort." Fumi zeigte auf ihr Fahrzeug. Hans Felten drehte sich um und ging zum VW Eos zurück.

„Den willst du nicht verkaufen? A bisserl würd er schon noch bringen", grinste der Jüngere mit einem Seitenblick auf ihr Auto.

„Nein, den behalte ich noch."

„Aber nicht mehr lange."

Sie tat so, als hätte sie den bissigen Kommentar nicht gehört, ging zu ihrem fahrbaren Untersatz und setzte sich auf den Beifahrersitz, weil sie dort ihre Beine besser ausstrecken konnte. Sie hatte heute so lange gesessen, dass es ihr eigentlich nach einem Spaziergang war, aber sie befürchtete, Hans Felten dann zu verpassen. So überprüfte sie wieder die Nachrichten auf ihrem Smartphone. Felix hatte vor zwei Minuten per SMS geantwortet: „Sitze seit zwei Stunden am Esther-Degen-Platz. Gerade treffen ein paar Leute von der Szene ein."

Kapitel 12

Zum Glück zeigte sich das Wetter heute nicht zu heiß und nicht zu kalt, der gestrige Regen hatte die sommerliche Hitze abgekühlt, gerade angenehm, um lange draußen zu sitzen. Anfangs las Felix zum Zeitvertreib abwechselnd das Fachbuch über Observieren und einen Krimi auf seinem iPhone, sah jedoch immer wieder hoch, um jeden vorübergehenden Passanten aus seinen Augenwinkeln zu beobachten. Deshalb stellte sich die notwendige Lesekonzentration nicht so richtig ein und so steckte er sein Handy wieder in die Hosentasche und begnügte sich damit, die nicht gerade spannenden Vorgänge vor seinen Augen zu verfolgen. Eine Taube saß am Rand eines Müllkübels und pickte im Inhalt herum, wohl in der Hoffnung, etwas Essbares zu finden. Eine junge Mutter lief mit einem Kleinkind auf einem Laufrad an ihm vorbei. Personen im Rentenalter tröpfelten auf den Platz und verschwanden wieder. Nach ein Uhr sprangen Kinder im Grundschulalter vor ihm hin und her; einem dunkelhaarigen Jungen war ein Comic geklaut worden, das drei Mädchen über seinen Kopf einander zuwarfen, während er versuchte, es wiederzuerlangen. Da alle Kinder, auch der Junge, lächelten und jauchzten, während das Heft herumgeworfen wurde, vermutete Felix, dass es kein Mobbing, sondern freundliches Necken darstellte. Plötzlich warf sich ein blonder Junge dazwischen, Kaugummi kauend und recht erwachsen auf cool machend, obwohl er nicht größer als die anderen war. Irgendwie ergatterte er den Comic, sah darauf und sagte laut genug, dass es auch Felix hören konnte: „Gangsta-Oma, so ein Scheiß, der Tim liest so einen Scheiß, der Tim ist zu blöd für richtig gute Mangas. Deswegen liest er diesen Scheiß." Im Handdrehen kippte die Stimmung. „Und du bist zu blöd, um gscheid Fußball zu spielen," konterte der Dunkelhaarige und versuchte, den Comic aus den Klauen des Gehässigen zurückzuerlangen. Hatten sich die beiden Mädchen zuerst nur angeschaut, suchten sie nun das Weite, während sich die beiden Jungs einen regelrechten Ringkampf lieferten, bei dem das dünne Comic-Heft zerriss. Als Felix sich fragte, ob er eingreifen sollte, stand plötzlich eine junge Frau in seinem Blickfeld, die einen asiatischen Einschlag aufwies. Ihr Gesicht erinnerte ihn fast an Fumis, doch schien es wesentlich hagerer und blasser. Dazu hatte sie pechschwarze Haare. Allerdings war sie körperlich wesentlich größer als Fumi, doch gleichzeitig auf unästhetische Weise spindeldürr. Sie packte das zerknitterte und zerfledderte Heft mit einem Ruck und hieb es dem blonden Jungen auf den Kopf. „Du blödes Arschloch. Meinst du wirklich, du bist so viel besser als der andere?" Sie schlug erneut zu. Der Junge hatte seine Coolheit nun ganz und gar verloren und duckte sich mit schmerzverzerrtem Gesicht. „Irgendwann wird sich der andere rächen und dann hast du nichts mehr zu lachen, du widerliches Scheiß-Arschloch." Na, das war ja harter Tobak. Felix war zwar mit ihr einer Meinung, dass der Blonde sich nicht besser fühlen sollte als der andere, aber diese Reaktion war nun doch zu heftig. Wieder war Felix auf dem Sprung, sich einzumischen, diesmal, um dieser wütenden Schnepfe Einhalt zu gebieten, als der Angreifer weinend davonlief. „Hier hast du dein Buch, leider ist es etwas in Mitleidenschaft gezogen worden." Die dünne Frau reichte es dem Dunkelhaarigen, der verschüchtert daneben gestanden hatte. Konnte es sein, dass sie etwas lallte? Der Junge nahm es wortlos in die Hand und rannte in die entgegengesetzte Richtung davon. „Hey, wat machste schon wieder?" Ein dunkelgelockter, leicht untersetzter Mann tauchte neben ihr auf. Auch seine Aussprache schien nicht ganz klar, hatte aber einen deutlichen Berliner Akzent. Moment mal, extrem gelockte Haare wie der Komiker Atze, dazu ein leichter Bierbauch, war das nicht die Beschreibung von Ernst Hemloth, dem Berliner Freund von diesem Tobias, der aussah wie der Verdächtige? Jetzt könnte es interessant werden. „Einem Mobbing-Arschloch zeigen, wo der Bartl den Most holt. Ich mach gerade nix anderes", erwiderte die junge Frau. „Du machst jerade nix anderes als saufen", sagte der Mann. „Des brauch ich jetzt einfach. Ich hör schon wieder auf. Aber des is jetzt `ne schwierige Phase. Hast du Bier mitgebracht?", fragte sie im typischen Singsang von jemanden, der gerade etwas über den Durst getrunken hatte. Felix nahm sein Smartphone wieder aus der Hosentasche und hielt es sich vors Gesicht, um unbeteiligt zu wirken. Lautlos fotografierte er die beiden. Der Mann nahm seinen Rucksack ab, förderte zwei Bierflaschen hervor und öffnete sie mit einem Bieröffner an seinem Schlüssel. „Da haste Nachschub." Er reichte ihr eine Flasche. „Danke." Sie führte die Flasche gierig zum Mund. „Ach, des tut gut", seufzte sie, nachdem sie einen kräftigen Schluck genommen hatte. „Bitte, bitte, tätowierter Klatzkopf, komm auch noch", sagte Felix flüsternd zu sich selbst. Die beiden Herbeigekommenen setzten sich auf eine Bank, die so weit weg stand, dass Felix nur noch Wortfetzen hören konnte. „Wo ist …?" „Der …..bei der Arbeitsagentur." „Hartz IV …" „… hat die ganze Zeit angelogen …" Konnte es sein, dass sie über diesen Tobias sprachen? Aber sie konnten auch von irgendjemand aus der Szene reden. Mit einem Mal wurden die Stimmen so leise, dass er nichts mehr verstand. Was sollte er tun? Hingehen und nach ihrem Namen fragen? Nein, das wäre zu auffällig. Vielleicht sich als einer der Szene tarnen und nach Stoff oder Bier fragen? Er sah an sich hinunter: Elegante braune Lederslipper, schwarze makellose Hosen, ein weißes Hemd. Glaubwürdig wäre er wohl nicht. Andererseits … die schicke Hollywood-Elite war ja auch berüchtigt dafür zu koksen. Eine Tarnung war wohl trotzdem ratsam. Er setzte sich seine Sonnenbrille auf. Vielleicht konnte er ja von seiner kleinen Nichte ein Aufkleb-Tatoo leihen oder im Internet bestellen. Zerrissene Jeans hatte er auch im Schrank. Und diese Clique würde ihm schon nicht davonlaufen, denn sie schien sich nach Aussage der burschikosen Berlinerin hier regelmäßig zu treffen. Er stand auf und ging in Richtung seines Autos.

Nachdem im Radio die Songs Desperado von den Eagles sowie Baker Street von Gerry Rafferty gelaufen waren und die Moderatorin gerade DJ Bobo ankündigte, sah Fumi Hans Felten auf ihren Wagen zukommen. Sie öffnete die Tür, stieg aus und stellte sich aufrecht hin.

88

„So, jetzt passt's. Also, nochmal: Der Hermann ist im Krankenhaus, weil's bei ihm gebrannt hat, hab ich das richtig verstanden?", vergewisserte sich Herr Felten.

„Ganz richtig. Und weil es danach aussieht, dass es Brandstiftung war, ermitteln die Polizei und ich. Darf ich Ihnen dazu ein paar Fragen stellen?"

„Ja, klar."

„Erst einmal: Wie war Ihr Verhältnis zu Ihrem Kollegen?"

„Nicht gut. Das heißt: Am Anfang eigentlich ganz gut, aber dann gab's immer mehr blöde Kommentare und ja, schließlich die Sache mit den Leichtmetallfelgen – und dann war's aus."

„Was war da genau?"

„Also, der Hermann hat mir untergeschoben, dass ich die Felgen gestohlen hab. Dabei hab ich überhaupt nix gemacht."

„Wer meinen Sie, hat die Felgen gestohlen?"

„Ja, entweder irgendwer von außen, also Kunden oder so – oder …" Hans Felten steckte sich die Hände in die Hosentaschen und rollte einen Kieselstein mit einer Fußspitze hin und her. „Oder er hat's so hingedreht, dass es ausgeschaut hat, dass ich's war."

„Und warum sollte er das getan haben?"

„Das weiß ich auch nicht. Ich vermute, es war Neid, weil ich bessere Beurteilungen von den Kunden bekommen hab."

„Wissen Sie das sicher?"

„Wie soll man sagen, sicher weiß ich's natürlich nicht, aber seine Kommentare sind schon in die Richtung gegangen."

„Können Sie eine Situation genau beschreiben, also eine, in der sie seinen Neid richtig gespürt haben?"

Herr Felten atmete tief durch. „Also, einmal, da ist eine Frau mit einem Blumenstrauß gekommen, um sich bei mir zu bedanken, dass ich das Problem mit den Zündkerzen endlich gelöst hab. Vorher hat Hermann sie immer abgewimmelt und ihr gesagt, sie soll das Auto verschrotten lassen. Eine Reparatur lohnt sich nicht mehr, hat er gesagt."

„Und Sie konnten ihr helfen, das Auto zu behalten?"

„Ja, ich hab a bisserl rumgetüftelt und eine Lösung gefunden. Sowas macht der Hermann ja nicht. Der geht immer den einfachen Weg."

„Und ist dann irgendwas passiert, als die Frau mit dem Blumenstrauß gekommen ist?"

„Jaa, was ganz was Blödes: Er hat zu ihr gesagt, sie soll mich heiraten, weil meine Frau sowieso eine greisliche Krähe ist."

Schon wieder dieses Thema. Fumi schüttelte unbewusst ihren Kopf. „Und was haben Sie dann gesagt?"

„Ich hab erst mal gar nix gesagt und die Frau hat erst gekichert und dann hat sie gemeint, sie ist schon verheiratet und das ist wirklich nur ein Dankeschön. Wir waren beide verlegen."

„Hört sich wirklich nach Neid an." Fumi nickte zustimmend. „Und danach? Haben Sie irgendwas zu ihm gesagt?"

„Ich hab ihm gesagt, dass er ein Arsch ist und dass er meine Frau aus dem Spiel lassen soll. Dann haben wir nicht mehr darüber gesprochen, aber ich hab versucht, ihm von da an aus dem Weg zu gehen, was natürlich nicht immer möglich war."

Fumi biss sich auf die Lippen, denn jetzt kam der unangenehme Teil. „Ich weiß, es hört sich komisch an, doch ich muss das fragen, damit ich auch alles gefragt habe: Wo waren Sie am Samstag, dem sechsten Juli, um circa zwei Uhr mittags?"

Hans Felten starrte sie erst mit weit aufgerissenen Augen an und richtete seinen Blick dann auf den Boden. „Okay, Sie müssen das fragen", seufzte er nach einer kurzen Gesprächspause, nahm dann mit einer Hand sein Handy aus der Hosentasche und scrollte darauf herum. „Nach meinem Kalender hatte ich hier Dienst, von 10 bis 16 Uhr, mit einer

Mittagspause von einer halben Stunde um ungefähr 13 Uhr.“

„Kann das irgendjemand bestätigen?“

„Ja, mein Kollege, den Sie gerade gesehen haben.“

Der tätowierte Dürre? Ob sie sich gegenseitig deckten?

„Gibt es noch jemanden hier, wie eine Sekretärin oder so?“

„Nein, hier sind nur mein Kollege und ich“, sagte Herr Felten.

„Darf ich dann mit ihm sprechen?“

„Natürlich.“ Herr Felten drehte sich zum Inspektionszelt und rief: „Boris, kommst du mal her?“

Der schlanke Mann steckte einen Kopf unter der Plane hervor. „Warum?“

„Frau Geiger, Geiger heißen Sie, oder?“ Fumi nickte. „Also, Frau Geiger möchte mit dir sprechen.“

„Um was geht es?“ Der Mann namens Boris kam mit skeptischem Gesichtsausdruck langsam auf sie zu.

Fumi wartete, bis er bei ihnen angekommen war und fragte dann: „Können Sie mir sagen, wo Sie am sechsten Juli um circa 14 Uhr waren? Das war ein Samstag.“

„Was geht dich das an?“, fragte er unwirsch.

„Frau Geiger ist Privatdetektivin und untersucht einen Fall“, erklärte Herr Felten. „Komm schon, Boris“, fügte er hinzu.

„Okay, also …“ Der Kollege zog sein Handy aus der Hosentasche und tippte darauf herum. „Also, ich hab hier von zehn bis vier Uhr gearbeitet.“

„Wie lange haben Sie Mittagspause gemacht?“, fragte Fumi.

„So um die dreißig, vierzig Minuten“, sagte Herr Felten.

„Unsere Mittagspause war nach meinem Eintrag von 13 Uhr 15 bis 13 Uhr 45“, sagte der Kollege Boris mit Blick auf sein Handy. Er drehte es zu Fumi, damit sie das Display sehen konnte. Tatsächlich hatte er für jeden Tag die Mittagspausen darauf penibel eingetragen.

„Können Sie sich an irgendwelche besonderen Kunden erinnern?" Vielleicht war es gut, ein oder zwei Personen der
Klientel zu befragen, ob sich beide auch wirklich hier befunden hatten.

„Besondere Kunden? Hm …" Boris kratzte sich mit einer
Hand am Kopf, so dass seine Tätowierungen auf dem Kopf
standen. Fumi konnte keine nackte Frau erkennen.

„Vielleicht der mit dem Oldtimer?"

„Ja, stimmt. An den kann ich mich auch erinnern. Der ältere
Herr mit dem Maybach 62 war absolut nicht einverstanden
mit dem Preis, den wir ihm genannt haben, aber nach einer
Weile konnten wir ihn überzeugen", erläuterte Herr Felten.

„Dann haben Sie sicher noch seine Daten in Ihren Aufzeichnungen. Könnten Sie mir seine Telefonnummer geben?",
fragte Fumi.

„Aus Datenschutzgründen geht das eher nicht." Herr Felten verschränkte die Arme.

Fumi neigte ihren Kopf und sah ihn eindringlich an. „Es
geht hier um Ihr Alibi. Ich bräuchte jemanden Unabhängigen, der Ihr Alibi bestätigt. Mit Ihrem Kollegen könnten Sie
sich absprechen."

„Darf ich ihn wenigstens vorher fragen, ob er damit einverstanden ist?"

„Nein", sagte Fumi scharf.

„Also gut. Kommen Sie mit." Herr Felten ging in das kleine
Bürohäuschen, Fumi dicht hinter ihm. Am Eingang blieb sie
stehen und beobachtete, wie er am Computer nach der Telefonnummer suchte. Er schrieb sie auf ein Post-it und
reichte es ihr. „Hören Sie, es mag ja sein, dass Hermann und
ich nicht auf so gutem Fuß standen, doch so was wie einen
Brandanschlag auf ihn würde ich nie machen. So ein
Mensch bin ich nicht."

„Das glaube ich eigentlich auch." Fumi lächelte versöhnlich.

„Aber ich muss meine Pflicht tun. Wenn der Herr …" Sie

sah auf den Zettel. „der Herr Lederer bestätigt, dass Sie und Ihr Kollege zu der fraglichen Zeit hier Dienst hatten, sind Sie aus dem Schneider."

„Ich war hier", bekräftigte Herr Felten. Wenn er nur nicht einen superschlanken Kollegen mit tätowierten Armen hätte. Vielleicht sollte sie dessen Gliedmaßen mal genauer inspizieren. „Wie heißt Ihr Kollege noch einmal? Boris und weiter?"

„Sein Name ist Boris Reichelt."

„Herr Reichelt?" Sie drehte sich um und ging in Richtung des untergewichtigen Mannes, der auf dem Hof eine Zigarette rauchte. Als sie vor ihm stehenblieb, sagte sie: „Ich überlege mir, auch ein Tatoo auf den Arm anbringen zu lassen. Und da bin ich auf der Suche nach einem Motiv."

„So?" Er begutachtete einen seiner Arme. Seinem Stirnrunzeln nach zu urteilen, schien er dieser plötzlichen Begeisterung Fumis nicht ganz zu trauen. Leider war weder am linken noch am rechten Arm eine nackte Frau zu sehen. „Dieser Anker gefällt mir. Vielleicht lass ich mir sowas stechen. Können Sie mir ein Tätowierungsstudio empfehlen?" Ihre Lüge sollte schließlich glaubhaft wirken. Kurz blinkte in ihr die Idee auf, die Studios um die beiden Tatorte tatsächlich aufzusuchen, sie verwarf den Gedanken jedoch gleich wieder. Der Verdächtige hätte schließlich in ganz Deutschland diese Hautdekorationen erwerben können.

„Da, wo ich immer hingehe, das ist in Wolkenberg. Es heißt Angels' Dream und liegt in der Hauptstraße, die Hausnummer ist 80, glaub ich" erklärte Boris Reichelt.

Zur Tarnung schrieb sie den Namen und die Adresse auf das Post-it.

„Dann danke ich Ihnen beiden. Vielen Dank für Ihre Hilfe. Auf Wiedersehen."

„Bitte. Wiedersehen", sagte Boris Reichelt lächelnd. Ihm

hatte sie wohl wirklich mit der Unterhaltung über Tätowierungen eine Freude gemacht. Herr Felten schaute sie nur finster an. Fumi stieg ins Auto und fuhr zurück in die Detektei.

Kapitel 13

Als Fumi ins Büro kam, saß Felix schon an seinem Schreibtisch und tippte etwas in seinen Computer.

„Ich mach uns 'ne Kanne Tee und wir berichten, was wir heute rausgefunden haben", sagte sie, während sie sich mit einem Taschentuch den Schweiß von der Stirn wischte. Auch wenn der Regen die Temperaturen abgekühlt hatte, staute sich die Hitze tagelang in dem Betongebäude, wenn man nicht stundenlang alle Fenster öffnete.

„Gerne. Darjeeling bitte, wenn's geht."

Fumi bereitete den Tee vor und begab sich dann zu der Sitzgruppe mit Couchtisch, wo sie sonst ihre Klienten empfingen. Felix ließ sich neben sie nieder und wartete, bis Fumi ihm den Tee eingegossen hatte. Klassisch traditionell hätte sie als Chefin das Recht, sich bedienen zu lassen, aber sie hatte es mehr mit flachen Hierarchien. Schließlich war sie in Deutschland aufgewachsen, wo es keine konfuzianistische Pflicht gab, höherstehende Personen zuvorkommender zu behandeln als niedriger gestellte. So bedienten sie sich gegenseitig, je nach Situation, wer gerade schneller in die Küche kam.

„So, dann erzähl." Fumi lehnte sich zurück und führte ihre Teetasse zum Mund.

„Erst mal danke für den Tee. Also …" Er schlürfte die heiße Flüssigkeit leise in sich hinein. „Also, zuerst war ich in Oberschleißheim bei den Baumtrimmern. Das ist der Name der Firma, die den Park in Ordnung hält, wie du vielleicht

weißt. Dort habe ich erfahren, dass eine Frau aus dem Team einen kennt, der dem Verdächtigen ähnlich sieht, also dem Dürren mit den Tatoos. Er heißt Tobias und ist ein Freund von einem, den sie kennt. Der wiederum ist aus Berlin. Ich hab ihn mir beschreiben lassen, also, der hat ganz krasse Locken und ist etwas untersetzt, heißt übrigens Ernst Hemloth. Sie wusste auch, wo die sich treffen, nämlich am Esther-Degen-Platz am Hasenbergl. Deswegen bin ich dorthin gefahren und hab mich da mal hingesetzt."
Fumi nickte als Zeichen, dass sie zuhörte.
„Zuerst ist da erst mal nix passiert und ich hab mir schon überlegt, wieder zu gehen, als dann tatsächlich ein paar Leute von der Clique eingetroffen sind. Irgendwie war da eine Frau, die einem Kind mit ʾnem Comic-Heft eins übergezogen hat …"
„Mit einem Comic-Heft geschlagen?" Fumi legte die Stirn in Falten.
Felix fasste schnell die Begebenheit mit den sich neckenden Schulkindern zusammen, die durch einen Störenfried in Gewalt umgeschlagen war, wobei die lallende Frau dazwischengefahren war. „Und dann ist dieser Ernst Hemloth gekommen. Ich hab ihn an der Lockenpracht und an dem Berliner Akzent erkannt."
„Und dieser … dieser Tobias mit den Tatöwierungen war auch da?" Fumi beugte sich gespannt nach vorne.
„Leider nicht. Ich hab ewig gewartet, aber irgendwann wurde es mir zu blöd und ich hab den Platz verlassen." Er seufzte und sah sie mit einem etwas scheuen Augenaufschlag an. „Hätte ich mehr Geduld aufbringen sollen?"
Er hatte ein so süßes Aussehen, wenn er unsicher schien.
„Nein, doch es ist ein guter Anhaltspunkt, dieser Ort." Fumi strich sich über ihre leicht dauergewellten Haare und versuchte jeglichen unprofessionellen Gedanken zu vertreiben.

„Wir gehen dort einfach regelmäßig hin, weil … irgendwann muss er ja auftauchen. Es sei denn, er ist abgetaucht. Gut gemacht, Felix." Sie lächelte ihn wohlwollend an, darauf hoffend, dass sich die Hitze in ihrem Gesicht nicht in zu roten Wangen zeigte. „Das bringt uns sicher weiter. Ich kann da weniger vorweisen."

„Was hast du heute gemacht?" Felix stellte seine Teetasse auf den Tisch und legte einen Fußknöchel auf dem anderen Knie ab.

„Zuerst bin ich nach Glattfelden gefahren, um mit dem Nachbarn von den Schepers zu sprechen." Sie berichtete das Gespräch bis ins kleinste Detail, wobei sie die Notizen aus ihrem kleinen Büchlein zu Hilfe nahm.

„Ein weißes Fluchtauto, wahrscheinlich Suzuki, mit dem Kennzeichen M-KA", wiederholte Felix versonnen. „Das schreib ich mir am besten auf." Er zückte sein Smartphone.

„Dann bin ich zu der Werkstatt gefahren, wo der Hermann Schepers arbeitet", fuhr Fumi fort. „Die haben mir die Sache mit den gestohlenen Felgen erzählt. Du weißt schon, der Bruder Edmund Schepers hat uns doch gesagt, dass der Hermann einem Kollegen einen Felgendiebstahl untergeschoben hat." Sie teilte Felix den Sachverhalt genauestens mit.

„Und dieser Boris hatte wirklich keine nackte Frau auf einem Arm?", fragte Felix nach, als sie ihren Bericht beendet hatte. „Könnte man das vielleicht schnell ändern?"

„Weiß nicht. Da müssten wir uns wirklich bei einem echten Tätowierer erkundigen. Du hast keine Lust, dir eins stechen zu lassen?", grinste sie ihn an.

„Nee, mir graut's vor den Schmerzen", winkte Felix ab. „Aber du könntest mit deinem Ausweis auch sicher mal so ohne Servicewunsch in einem Tatoo-Studio Auskunft bekommen."

„Hab ich mir auch schon gedacht", stimmte Fumi zu.

96

„Da fällt mir was ein, ich hab da noch was Interessantes." Ihn wunderte selbst, dass er damit so lange gezögert hatte, doch vielleicht schämte er sich für sein geflopptes Date. „Also, ich hab mich doch gestern mit einer Frau getroffen."

„Und wie war's?"

„Nicht so toll."

„Sie hat dir nicht gefallen?"

„Nee, war leider nicht so mein Typ … Aber egal…" Fumi entfuhr ein erleichtertes Seufzen. Hoffentlich missdeutete Felix diese körperliche Reaktion. „Also diese Frau … ähm, also diese Frau hat einen Cousin, der eine Tätowierung einer nackten Frau auf dem Oberarm hat – und er ist in einer Clique, die sich am Esther-Degen-Platz trifft", erläuterte Felix.

„Echt?!" Fumi hielt sich die Hand vor dem Mund. „Das wäre ja zu schön, um wahr zu sein. Dann könnten wir den superleicht finden."

„Aber sie hat auch gesagt, dass in dieser Gang alle dieses Motiv hätten, weil es das Gangzeichen ist."

„Aha, das ist auch sehr interessant. Hast du dort jemand mit diesem Motiv gesehen?"

„Nee, die zwei, die mir unter die Augen gekommen sind, hatten alle lange Ärmel an, weil's heute ja kühler war. Deswegen kann ich's nicht sagen."

Fumi biss auf den Fingernagel ihres Zeigefingers und dachte nach. „Und du möchtest dich ganz sicher nicht mehr mit dieser Frau treffen?"

„Hm, ich könnte vielleicht Interesse vortäuschen. Aber … hm, besonders moralisch finde ich das nicht."

„Wir müssten nur irgendwie an die Kontaktdaten von diesem Cousin kommen. Du möchtest nicht zumindest eine Freundschaft mit ihr pflegen?"

„Das macht ihr bestimmt Hoffnungen. Ich weiß nicht …"

Fumi fragte sich, ob das Gefühlswirrwarr in ihrem Innern Erleichterung oder Enttäuschung andeutete. Ihr berufliches Ich war auf alle Fälle frustriert.

„Ich hab sie schon nach der Telefonnummer von ihrem Cousin gefragt, doch sie wollte sie mir aus Datenschutzgründen nicht geben.“

„Gesegnet seien die Nachlässigen“, seufzte Fumi. „Tja, dann müssen wir es sachlich und beruflich machen. Du kontaktierst sie und sagst ihr, dass deine Chefin die Nummer unbedingt haben will, weil sie einen Kriminalfall aufklären muss.“

„Okay. Ich schreib ihr morgen 'ne E-Mail oder ruf sie an“, nickte Felix.

„Dann machen wir am besten heute Feierabend. Ich recherchier noch 'n bisschen was am Computer.“

„Bin ich dann entlassen?“, grinste Felix.

„Nur für heute. Morgen kannst du gerne wieder kommen.“

„Sehr gerne.“ Sehr gerne. Schön zu hören, dass er sich hier wohlfühlte. Fumi trug das Geschirr in die Küche und stellte es verträumt in die Spülmaschine.

Am nächsten Tag rief Felix vom Büro aus Daniela auf ihrem Handy an.

„Hi, hier ist Felix.“

„Oh, welch Überraschung. Hallo.“ Ihre Stimme klang etwas pikiert.

„Ja, du, also …, es geht um etwas Berufliches. Du weißt doch, dass ich ein Praktikum in diesem Detektivbüro mache.“

„Mhm.“

„Und wie ich dir erzählt habe, haben wir zwei Fälle, wo ein schlanker Mann mit einem Tatoo einer nackten Frau verdächtig ist. Ja, also, … weil du gesagt hast, dass dein Cousin so aussieht, würde meine Chefin gerne die Kontaktdaten von ihm haben. Ich weiß, du hast gesagt, das geht nicht wegen Datenschutz, aber in so einem Fall ist sie als Privatdetektivin berechtigt, seine Daten zu erfahren." Er wusste zwar nicht, wie korrekt seine Aussage war, er hoffte jedoch, dass das Wort ‚Privatdetektivin' der Angelegenheit eine gewisse Autorität verlieh.

„So? Woher weiß ich, dass du mich nicht anlügst?"

„Ich dich anlügen, wieso das denn?"

„Um dich attraktiver zu machen? Ich hab schon viel Schlimmes auf dieser Dating-Plattform erlebt."

„Sie könnte dir ihren Ausweis zeigen. Oder …" Ihm war gerade etwas eingefallen. „Hast du Face-Time oder Skype? Dann könnte ich dir hier das Büro zeigen und auch das Firmenschild."

„Ich hab Face-Time."

„Gut. Dann ruf ich dich noch einmal darauf an." Er legte auf und tippte auf den Face-Time-Button. Sie hob ab und Felix konnte ihr Gesicht sehen. „Okay, dann zeig mal", sagte sie.

„Hier siehst du meinen Arbeitstisch und hier die Teeküche … und hier …" Er öffnete die Tür zum Treppenhaus und zoomte auf das Schild auf der Tür, worauf stand: „Privatdetektei Fumi Geiger".

„Okay, ich glaub dir." Pause am anderen Ende der Leitung. „Also mein Cousin, hm, ich hab ihn schon seit Langem nicht mehr gesehen. Er will mit unserer Familie nicht so viel zu tun haben, wir sind ihm wohl zu spießig. Ja, und für uns ist er so 'n bisschen das schwarze Schaf. Meine Mutter hat meine Tante, also seine Mutter, oft damit vollgelabert, dass sie sich mehr um ihn kümmern sollte, und dass er einen Entzug in einer Klinik machen sollte, aber das hat natürlich nichts genützt, er ist eher immer weiter abgestürzt. Wir haben ihn jetzt aufgegeben." Felix sah auf dem Bildschirm des iPhones, wie sie sich auf die Lippen biss.

„Magst du ihn?"

„Als Kind hab ich schon ganz gern auf Familienfesten mit ihm gespielt, aber spätestens mit fünfzehn oder sechzehn hat er mit dem unguten Stoff angefangen und sich von mir entfernt. Deswegen … ja, wie soll man sagen, ich finde es schade, dass es so gekommen ist, doch ich fühl mich jetzt auch nicht so verantwortlich für ihn. Das ist halt das Leben, das er lebt. Mir tun nur meine Tante und mein Onkel leid." Dann würde sie ihn auch nicht unnötig schützen wollen.

„Wenn es so ist, gib mir bitte eine Telefonnummer oder eine Adresse von ihm. Es könnte sein, dass er nicht nur abgestürzt, sondern kriminell geworden ist. Und das könnte vielen Leuten wehtun. Wenn wir ihn früh genug stoppen können, würdest du der Gesellschaft einen großen Dienst erweisen."

Er hörte sie seufzen. „Okay, die einzige Telefonnummer, die ich dir geben könnte, wäre die von meiner Tante. Die von meinem Cousin hab ich nicht. Aber sag bitte nicht, dass du die von mir hast. Die würde mich wahrscheinlich lynchen."

„Nein, auf keinen Fall."

„Moment, ich muss schnell auf meine Kontaktliste. Ah hier ist sie, Tante Annika." Sie diktierte ihm die Nummer.

„Super, du bist echt spitze."

„Ach ja?", sagte sie. Man hörte ihrer Stimme eine gewisse Müdigkeit an. Felix konnte nicht deuten, ob sie von dem vermurksten Online-Dating enttäuscht oder wegen ihres versumpften Cousins traurig war. Sie tauschten noch ein paar Höflichkeiten aus und beendeten dann das Gespräch.

„Ich hab die Nummer von der Tante!" Felix legte den Zettel, auf dem er die Telefonnummer geschrieben hatte, triumphierend auf Fumis Keyboard. Sie war gerade dabei, Adressen von Tatoo-Studios in der Nähe zu recherchieren. „Von der Mutter von Danielas Cousin, also der mit der Nackten-

Frau-Tätowierung."

„Ah, das ist ja wunderbar. Rufst du gleich an?" Fumi sah an ihm hinauf und genoss heimlich seine körperliche Nähe.

„Ich probier's mal."

„Und ich schau mal, ob ich den Herrn Lederer erwische, ich meine den Herrn, der das Alibi von Hans Felten bestätigen kann."

Als Felix in sein Zimmer gegangen war, tippte sie die Nummer des Maybach-Verkäufers in ihr iPhone. Wenn er tatsächlich ein älterer Herr war, konnte man hoffen, dass er sich am Vormittag zu Hause aufhielt.

„Lederer", meldete sich die Stimme eines betagten Menschen.

„Grüß Gott, Herr Lederer, Fumi Geiger ist mein Name. Ich bin Privatdetektivin und möchte Sie in Bezug auf einen Fall, den ich gerade bearbeite, befragen."

„Was? Welcher Fall?", fragte Herr Lederer unwirsch.

„Es geht um das Alibi von Herrn Felten. Er ist einer der Verkäufer von WirkaufendeinAuto.de, der Internet-Platform, wo Sie Ihren Maybach verkauft haben."

„Alibi? Soso. Sie wollen mir keinen Vertrag andrehen?"

„Nein, es geht um keinen Vertrag. Es geht um eine Information, die ich von Ihnen brauche. Können Sie bestätigen, dass Sie am sechsten Juli um circa 14 Uhr Ihren Maybach-Mercedes in Haltwiesen bei WirkaufendeinAuto.de verkauft haben?" Fumi knetete einen Radiergummi, während sie sprach.

„Wieso wollen Sie das wissen?"

„Es geht darum, dass auf Herrn Feltens Kollegen ein Brandanschlag verübt wurde. Und Herr Felten hat als Alibi angegeben, dass er Ihnen genau zu diesem Zeitpunkt einen Wagen abgekauft hat."

„Ein Brandanschlag? Und Sie sind von der Polizei?"

„So ungefähr. Ich wurde als Privatdetektivin beauftragt."

„Und was soll ich jetzt da machen?"

„Sie sollen mir nur bestätigen, dass Sie am sechsten Juli um ungefähr 14 Uhr dort in Haltwiesen waren. Könnten Sie bitte in Ihren Kalender schauen?"

„Okay, dann schau ma mal. Moment, den muss ich schnell holen." Man hörte ein schlürfendes Geräusch. „Hallo? Nach meinem Kalender war ich da, ja, bei dem Autoverkäufer da. Aber des waren ganz schöne Schlawiner. Die wollten mir fast nix für des super Auto geben."

„Also sie waren am sechsten Juli um zwei Uhr dort?"

„Ja, im Kalender steht: Autoverkauf, 13 Uhr 45, Hauptstraße 15, Haltwiesen."

„Vielen Dank. Das wollte ich nur wissen. Ah, noch eins: Wie haben die beiden Autoverkäufer ausgeschaut? War auch einer mit Tätowierungen an den Armen dabei?"

„Ja, der oane, der hat immer ‚du' zu mir gsagt, a bissl unverschämt, wenn's mi fragn, aber was können's von oam mit soiche Tätowierungen schon erwarten."

Das passte. Dieser Boris hatte auch Fumi geduzt. „Und der andere war etwas untersetzt?"

„Ja, könnt ma so sagen. Der hat normal ausgschaut, so a mittelgroßer Mann, und hat bessere Manieren ghabt, das heißt, kein ‚du' oder so."

„Dann danke ich Ihnen herzlich für die Auskunft."

„So, und was war das für ein Brandanschlag? Jetzt ham Sie mich neugierig gemacht."

Fumi überlegte, wie viel sie preisgeben durfte. „Das war in einem benachbarten Ort von Hartwiesen. Dort gab es einen Brand in einer Garage, bei dem das Opfer eingesperrt wurde. Deshalb ermitteln die Polizei und ich."

„Jetzt erinner ich mich. Des war in der Zeitung, des war in Glattfelden? Soso, und Sie ermitteln."

Damit sollte Fumis Glaubwürdigkeit bewiesen sein. „Richtig. Darum handelt es sich."

„Und sind die beiden verdächtig?"
„Jetzt nicht mehr. Sie haben gerade das Alibi der Herren bestätigt."
„Dann is ja gut. Auch wenn's Schlitzohren waren. Nächstes Mal geh ich woanders hin. Des hat mir nur mein Enkel empfohlen."
„Ja, ich hoffe, Sie bekommen nächstes Mal einen besseren Preis."
„Des hoff ich auch."
„Auf Wiederhören." Da Fumi das Gefühl hatte, Herr Lederer wollte sich weiterhin über den zu geringen Gegenwert für den Oldtimer beschweren, wartete sie seinen Verabschiedungsgruß nicht ab und legte auf. Herr Felten und sein Kollege schienen aus dem Schneider. Die Aussagen der drei Herren stimmten überein. Wenn es auch ein komischer Zufall war, dass Boris Reichelt dem Tatverdächtigen so ähnlich schien. Vielleicht konnte sie der Polizei vorschlagen, eine Gegenüberstellung mit dem Nachbarn von Frau Schepers zu arrangieren. Doppelgänger beziehungsweise ähnliche Typen gab es jedoch auf dieser Welt zu Hauf, wie sie in ihrer langjährigen Berufspraxis erfahren hatte. Sie stand auf und ging zu Felix, um ihm von dem positiven Alibi zu erzählen. Dabei ertappte sie ihn, wie er einen Artikel über Abzieh-Tätowierungen im Internet las.
„Meinst du, die nackte Frau war ein temporäres Tatoo? Keine schlechte Idee", sagte sie, während sie ihm über die Schulter sah. Er zuckte leicht zusammen.
„Wie wäre es mit ‚knock-knock'?" Er grinste sie schelmisch von unten her an. „Nee, das glaub ich nicht, ich versuch mich zu verkleiden, wie einer von der Szene. Und dafür brauch ich Tätowierungen, aber keine ewigen."
„Die sind ein bisschen klein."
„Hab ich mir auch gedacht. Aber hier …" Er klickte auf den Zurück-Pfeil und kam auf eine andere Homepage. „Hier

sind Skulls. Die sehen doch wild Heavy-Metal-mäßig aus." Man sah einen in Flammen stehenden, wild drein blickenden Totenkopf, einen Samurai-Helm auf einem grimmigen Schädel und ein unheimliches Monster mit einem froschartigen Gesicht.

„Die drei gut sichtbar auf deinem Arm und du würdest dazu passen", sagte sie mit verschränkten Armen.

„Ich brauch noch zerrissene Jeans. Und Zigaretten und eine Bierflasche." Felix drehte sich zu ihr um.

„Hast du Hosen mit Löchern?" Sie sah an seinem eleganten Hemd und der blauen Hose im Stil Smart-Casual hinab.

„Ich hab ´ne alte zerrissene Jeans, die ich noch mehr zerschneiden könnte. Und dann werde ich versuchen, mich mit den Leuten am Esther-Degen-Platz anzufreunden."

„Was ich dir erzählen wollte: Ich hab den Herrn Lederer erreicht, und er war zum Zeitpunkt in Hartfelden und hat tatsächlich ein Auto verkauft, wo die beiden Männer anwesend waren. Die beiden können es also nicht gewesen sein."

„Es sei denn, sie haben einen Auftragsmörder engagiert."

„Jeder könnte das. Jetzt geht's erst einmal darum, den tatsächlichen Täter zu finden, also, den Typ, der den Schepers in die Garage gesperrt und womöglich den Bachmann vergiftet hat." Sich jetzt einfach auf seinen Schoß setzen …

„Ach ja, hast du die Tante von der Daniela schon angerufen?", fragte sie lauter als nötig, um den Gedanken zu verscheuchen.

„Ich hab's versucht, aber da war immer nur der Anrufbeantworter. Okay, ich hab eine Nachricht hinterlassen, bin jedoch nicht sehr optimistisch, dass sie zurückruft."

„Probier's einfach immer wieder. Ich geh vielleicht mal ins Tätowierstudio in der Rosenstraße schauen und mach mich kundig, ob man das Motiv einer nackten Frau überall bekommen kann oder ob man zu bestimmten Studios in dieser Region gehen muss. Doch wer weiß, vielleicht finden

104

wir noch eine bessere Spur."

Da klingelte das Telefon. Felix drückte auf den Aufnahmeknopf seines Handys. „Sie haben mich angerufen. Worum geht es?", fragte die Stimme einer älteren Dame, ohne zu grüßen.

„Ah, sind Sie Frau Winter?", fragte Felix. Fumi streckte einen Daumen als Anerkennung in die Luft, dann wisperte sie „Lautsprecher" und er drückte auf den besagten Knopf.

„Jaaa …" Die Stimme einer älteren Frau schallte durch den Raum.

„Mein Name ist Felix Rautenberg von der Privatdetektei Geiger. Ich hätte ein paar Fragen zu Ihrem Sohn Tobias."

„Hat er etwas angestellt?" Ein nicht zuordenbares Knacken am anderen Ende der Leitung war zu hören.

„Wir würden gerne wissen, wo sich Ihr Sohn am 6. Juli um ungefähr 14 Uhr aufgehalten hat." Felix hatte sich vorher überlegt, ob er das Gespräch mit etwas Smalltalk beginnen sollte, da er aber selbst oft einfach auflegte, wenn ihn ungebetene Verkaufsanrufe erreichten, hatte er sich entschlossen, sofort in medias res zu gehen.

„Warum?"

„Wir ermitteln in einem Fall und da wäre der Aufenthaltsort Ihres Sohnes ein entscheidender Hinweis."

„Es geht wohl um Drogensachen", sagte Frau Winter. Felix und Fumi hörten eine Art Seufzen durch den Hörer. „Also, eigentlich sollte eine Mutter ja loyal zu ihrem Sohn sein, doch erstens hatte ich schon einmal Probleme mit der Polizei wegen Strafvereitelung oder wie man das nennt, und zweitens hätte ich gerne, dass er vom Schicksal so eine auf den Deckel kriegt … also, er soll endlich aufwachen. Deshalb sage ich Ihnen das jetzt. Wir, also mein Mann und ich, haben im Moment keinen Kontakt mehr zu ihm. Das letzte, was ich von ihm weiß, ist, dass er in einem Ein-Zimmer-Appartement im Hasenbergl lebt, aber fragen sie mich nicht, wovon er lebt. Ich vermute, das Geld ist vom Drogendealen. Tja, und deswegen weiß ich auch nicht, wo er an dem Tag war. Wir haben nämlich seit …, ja seit wann, ich glaube, es war letztes Jahr im Oktober, da war auf einmal seine Handynummer nicht mehr erreichbar. Davor hatten wir einen schlimmen Streit gehabt, wir wollten ihn dazu überreden, in eine Entzugsklinik zu gehen … er hat gemeint, er sei nicht süchtig … Er kann jederzeit mit dem Zeug aufhören, hat er gesagt. Wer's glaubt, wird selig …" Der letzte Satz hatte tränenerstickt geklungen. Frau Winter schien sich jedoch schnell wieder zu fassen, denn sie fuhr mit fester Stimme fort:. „Also, ich kann Ihnen nicht sagen, wo er an dem Tag war, doch eines sollten Sie wissen, vielleicht wirkt es sich ja strafmindernd aus, also, er hat Lernschwierigkeiten."

„Ich verstehe. Dann wissen Sie auch nicht, wo er am 17. Mai um 11 Uhr gewesen ist?"

„Nein, natürlich nicht. Darf ich fragen, was vorgefallen ist?"

„Tja, es geht um einen Brandanschlag mit einem Schwerverletzten und einen Mord, also ich meine, am 17. Mai wurde jemand vergiftet", erklärte Felix frei heraus.

„Was?! Das würde mein Sohn nie machen. Ganz sicher. Der macht eher kleinkriminelles Zeug wie Klauen oder eben illegalen Drogenkonsum, doch nicht so was …"

„Allerdings wurde an beiden Tatorten eine Person gesichtet, auf die die Beschreibung ihres Sohnes passt."

„Hören Sie mal, mein Sohn hatte in der Förderschule Probleme damit, das Konzept des Zahlenlandes zu verstehen und da soll er einen Mord planen können?!" Frau Winters Stimme war schrill geworden.

„Zahlenland … Was heißt das?"

„Ach, damit soll spielerisch rechnen gelernt werden … ist so eine Methode in der Förderschule. Ich sag Ihnen was, Tobias' geistige Qualitäten haben nicht mal ausgereicht, einen Hauptschulabschluss zu erreichen. Mein Sohn ist kein

Mörder, er hat vielleicht einen geringeren Intelligenzquotienten als der Durchschnitt, er ist vielleicht drogensüchtig, aber er ist eines ganz bestimmt nicht: ein Mörder. So und jetzt lassen Sie mich in Ruhe." Felix seufzte und legte sein stumm gewordenes Handy auf den Schreibtisch.

Fumi, die sich während des Gesprächs an die Wand gelehnt hatte, runzelte die Stirn. „Lernstörungen? Hm, vielleicht hat er den Mord nicht selbst geplant, aber Auftragsmörder könnte er trotzdem sein. Wahrscheinlich umso mehr, denn dann ist er sich wohl nicht so bewusst, welche Konsequenzen sein Handeln hat. Dann ist er leichter manipulierbar."

„Klingt plausibel." Felix nickte zustimmend.

Fumi sah auf die Uhr. „Oh je, es ist schon halb acht. Und ich muss noch zum Supermarkt. Machen wir Feierabend."

„Ich hab um acht auch eine Verabredung", entgegnete Felix.

„Wieder ein Blinddate?", zwinkerte sie.

„Nee, mit einem Freund in der Kneipe."

Mann, es ging sie doch eigentlich nichts an. „Dann geh ruhig. Ich schließ ab."

Kapitel 14

Am nächsten Tag zerriss Felix seine Jeans absichtlich, die bei einer Bergwanderung durch Gestrüpp schon etwas gelitten hatte, und nahm einen Express-Umschlag mit Abzieh-Tatoos in Empfang. Er hatte sich für zwei wilde Totenschädel und einen Anker entschieden. Bierflaschen und Zigaretten kaufte er im Getränkemarkt um die Ecke und stellte sich dann auf den Balkon seiner Wohnung, um zwei Kippen zu rauchen, damit er sich an den Rauch in seinen Lungen gewöhnte. Eigentlich war er ja überzeugter Nichtraucher, er wollte jedoch möglichst authentisch rüberkommen. Nach ein paar Hustern saugte er relativ problemlos an den

Glimmstengeln. Morgen würde er sich unter die Szene mischen.

Nachdem er am nächsten Tag in der Detektei ein paar administrative Aufgaben wie Rechnungen schreiben und Umsatzsteuer-Voranmeldung erledigt und mit Fumi ein Sandwich aus der nahegelegenen Bäckerei zum Mittagessen verdrückt hatte, verwuschelte er seine gewellten Haare, damit sie möglichst ungeordnet aussahen. Anschließend zog er sich auf der Toilette die zerfledderte Jeans an und klebte sich die Skulls und den Anker auf die Arme.

„Na, wie seh ich aus?", fragte er Fumi und drehte sich vor ihr um die eigene Achse, damit sie ihn begutachten könnte.

„Gut, aber du müsstest noch mehr auf Macho machen."

„So gut, hey?" Er hob einen Arm und pumpte die Muskeln auf wie ein Bodybuilder. Fumi schluckte. „Nicht schlecht. Und noch 'n bisschen besoffen oder bekifft wirken."

„Sooo guut, heey?", machte er einen Versuch.

„Das ist jetzt fast zu übertrieben. Lass es vielleicht mit dem Betrunken-sein."

„Gut, dann bin ich eben ein Abendtrinker oder Dealer oder so was."

„Genau."

„Dann wünsch mir Glück."

„Mach ich. Hals- und Beinbruch."

Er nahm die U-Bahn zum Esther-Degen-Platz. Da es schon Nachmittag geworden war, hoffte er, ein paar von der Clique anzutreffen. Tatsächlich saßen die Frau, die dem gemobbten Kind geholfen hatte, und der gelockte Ernst auf einer Bank und tranken Bier. Mit einer brennenden Zigarette in einer Hand ging Felix langsam auf die beiden zu.

„Hi, bist du der Ernst?"

„Ja?" Ernst setzte seine Bierflasche ab und sah Felix arg-
wöhnisch an.

„Die Lisa hat mir von euch erzählt und gesagt, dass ihr immer gute Feiern am Laufen habt. Deswegen wollte ich mich
mal vorstellen und schaun, was bei euch so los ist."

„Die Lisa?"

„Die bei den Bautrimmern arbeitet, du weißt schon, die eine,
so 'n bisschen – wie soll ich sagen – die sieht eher aus wie
'n Kerl."

„Ach die, aber die arbeitet bei den Baumtrimmern." Er be-
tonte das „m".

„Oh mei, Bautrimmer oder Baumtrimmer, is doch egal." Felix zog an der Zigarette.

„Gute Partys feiern ma schon", sagte die Frau. Felix fragte
sich, ob sie Halb-Asiatin war, denn ihre braunen Augen
schienen wesentlich größer als Fumis, doch ihre schon länger nicht gewaschenen Haare waren pechschwarz. Ihr Gesichtsausdruck kam wesentlich freundlicher rüber als der
von Ernst. Anscheinend konnte Felix bei ihr mit seiner Attraktivität punkten.

„Also, die Lisa, also …, die hat auch gemeint, dass bei euren
Festen gutes Gras zu kriegen ist. Da dran wär ich interessiert."

„Dann komm doch am Samstag", sagte die junge Biertrin-
kerin und sah ihn mit einem erwartungsvollen Lächeln an.

„Marion, du kennst den Typ doch gar nicht." Ernst nahm
einen langen Schluck.

„Aber der … der würd doch gut zu uns passen."

„Und was ist mit dem Tobias? Du bist doch mit dem Tobias
zusammen."

„Ich bin nicht dem Tobias seine Freundin. Wir sind nur
Freunde."

„Das sieht der Tobias aber anders." Jetzt wurde es interessant. Felix hielt es für das Beste, in den Flirt einzusteigen.

Zumindest bei einer Person willkommen zu sein, würde ihn
sicher näher zur Zielperson namens Tobias bringen. Dieser
würde ihn wohl als Rivalen sehen, aber auch das könnte
Vorteile haben.

„So, und wann und wo ist die Party am Samstag?" Felix
zwinkerte Marion zu.

„Wir treffen uns um halb neun bei den Grillplätzen am
Feldmochinger See. Wir haben immer 'ne Boombox mit
Musik an. Du kannst uns gar nicht verfehlen. Willste 'n
Bier?"

„Ja, gern."

Ernst rollte mit den Augen, während die junge Frau, die allem Anschein nach Marion hieß, ein Bier aus ihrem Rucksack holte und mit einem Flaschenöffner den Deckel vom
braunen Glas löste.

„Hier", lächelte sie. Felix nahm das Erdinger und bedankte
sich mit seinem verführerischsten Grinsen. Wenn sie nicht
so blass und dünn wäre, könnte man sie attraktiv nennen.

„Ihr seid jeden Tag hier?", fragte Felix.

„Ja, fast jeden Nachmittag", gab Marion bereitwillig Auskunft.

„Und woher kennst du die Lisa?", fragte Ernst.

Jetzt musste er schnell denken. „Ähm, die Lisa war meine
Kollegin bei den Bautrimmern, äh Baumtrimmern. Ich hab
da kurz 'n paar Hilfsjobs gemacht. Des Arbeitsamt hat mich
dahin geschickt, aber nach so einer Woche war's vorbei. Ich
mach doch nicht jeden Scheiß."

„Dat kann ick nachfühlen. Dauernd liegen die einem mit
den Arbeitsangeboten im Nacken", stimmte Ernst nickend
zu. Jetzt hatte er vielleicht auch Ernst auf seiner Seite.

„Mir nicht. Ich bin nicht arbeitslos gemeldet", sagte Marion.

„Du lässt dich vom Tobias aushalten – und von mir", sagte
Ernst.

„Nicht mehr lang. Wenn des vorbei ist, fang ich wieder an

110

zu arbeiten."

„Welches Hotel oder welche Firma nimmt dich schon?", schnaubte er.

„Hey du, ich kann kontrolliert trinken. Dann style ich mich und zieh 'n Kostüm an und dann hab ich in Null-Komma-Nix 'n Job."

„Quatsch. Du musst erst mal in Entzug." Ernst tippte in einem nervösen Rhythmus mit einem Fuß auf die Sitzfläche der Bank.

„Doch, ich kann ganz bestimmt kontrolliert trinken. Das is jetzt nur 'ne schwere Zeit. Meine Mutter raucht auch immer, wenn sie im Stress ist."

„Aber Rauchen hält dich nicht vom Arbeiten ab. Immer blau zu sein schon", sagte Ernst.

„Was haste denn für 'ne schwere Zeit? Kann man dir irgendwie helfen?", fragte Felix.

Ernst hielt sichtlich die Luft an und trat Marion auf die Zehen. „Au", reagierte diese. „Ach, ich … ich, also, ein paar Leute haben Schulden bei mir. Und die treib ich gerade ein."

„Wie viele Schulden?"

Sie fasste sich mit ihrer freien Hand ans Kinn. „Tja, ziemlich viele, zu viele."

„Marion hat gedealt und war so vertrauensselig, sich mit dem Geld vertrösten zu lassen. Das heißt, sie hat geliefert, ohne dass die gezahlt haben", erklärte Ernst und legte eine Hand auf Marions Arm.

„Marihuana?", fragte Felix.

„Klar, was sonst?", antwortete Ernst. Plötzlich stieg er von der Banklehne und zog an Marions Arm.

„Hey, was isn'? Du tust mir weh", jammerte Marion, während sie gezwungenermaßen aufstand, weil sie sich Ernsts Kraft nicht widersetzen konnte.

„Wir müssen gehen", sagte er.

„Kommst du am Samstag?", rief Marion mit einem Blick
über die Schulter, als sie weggezerrt wurde.

„Ja, sicher. Ich bin am Samstag so gegen halb neun am Feldmochinger See", rief Felix ihr nach. Komisch, irgendetwas
wollte Ernst verheimlichen. Hatte es mit Tobias und den
Morden zu tun? Stellten die Schulden, die Marion eintrei-
ben wollte, ein Mordmotiv dar? Doch Morden für Marihuana? So teuer war das doch auch wieder nicht. Obwohl…, im Laufe seiner Ausbildung hatte er gelernt, dass
es keine unplausiblen Tötungsmotive gab. Was für die einen wie eine Lappalie erschien, konnte in anderen den wil-
desten Hass auslösen. Auf jeden Fall war es gut, dass Marion ihn am Samstag dabeihaben wollte. Vielleicht würde
sie etwas ausplaudern.

Fumi hatte sich entschieden, heute den homosexuellen
Sohn von Hermann zu befragen. Von Frau Schepers hatte
sie nach anfänglichem Widerstand telefonisch die Adresse
bekommen. Das Argument, dass das Detektivbüro sich ein
umfangreiches Bild von allen Personen machen musste,
schien Alex' Mutter letztendlich überzeugt zu haben. Der
schwulen Szene von München, in der er sich aufhielt, traute
Frau Schepers sowieso nicht sonderlich. Dazu hatte die Polizei sie wieder befragt und ihr deutlich gemacht, dass sie
und ihr jüngerer Sohn immer noch als Verdächtige galten.
Auch deshalb stimmte sie einer möglichst weitreichenden
Ermittlung zu. „Zweimal hat er Typen mitheimgebracht,
die wirklich grauslich waren. Natürlich hat Hermann früher oder später einen Streit mit denen angefangen", sagte
sie und seufzte hörbar in den Hörer.

„Dann geben Sie mir seine Kontaktdaten?"

„Ja, aber wenn wer verdächtig ist, dann sind das diese sogenannten Freunde. Also, er wohnt in der Hans-Sachs-
Straße 22 in einer WG."

„Könnte ich die Telefonnummer haben?" Frau Schepers gab
sie ihr durch. Nachdem Fumi das Gespräch beendet hatte,
tippte sie die Telefonnummer in ihr Smartphone und rief
Alex Schepers auf gut Glück an. Nach ein paar Sekunden
meldete sich eine Stimme: „Hallo?"
„Hallo, sind Sie Alexander Schepers?"
„Nein, das is ein Mitbewohner."
„Könnte ich ihn sprechen?"
„Mal sehen, ob er da ist." Ein Klicken zeigte an, dass das
Telefon irgendwohin gelegt wurde. „Alex, Telefon für dich",
hörte sie die männliche Stimme, während sie immer un-
deutlicher wurde. Nach ein paar Sekunden sagte jemand:
„Ja?"
„Ich bin Privatdetektivin Fumi Geiger. Ihre Mutter hat mich
beauftragt. Sie wissen, was mit Ihrem Vater passiert ist?"
„Natürlich."
„Dürfte ich heute zu Ihrer Wohnung kommen und Ihnen
ein paar Fragen stellen?"
Gefühlte fünf Sekunden vergingen, bevor er sagte: „Meine
Mutter hat mich schon vorgewarnt, dass sie irgendwann
anrufen." Wieder eine Pause. „Also, die WG ist 'n bisschen
unordentlich. Aber ginge es auch in einem Café?"
Schade, es wäre eine Chance gewesen, sich in seinem Um-
feld umzusehen.
„Das ist auch okay. Wann hätten Sie heute Zeit?"
„Am besten um drei, um vier Uhr fängt mein Jura-Repeti-
torium an."
„Das passt gut. Sie bestimmen das Lokal."
„Dann gehen wir ins Sax in der Hans-Sachs-Straße." Fumi
schmunzelte, weil sie der doppeldeutige Klang dieses Namens amüsierte.
Als sie dort eintraf – eine schlichte Bar mit Fußball-Fan-At-
mosphäre -, saß neben wenigen anderen Gästen ein junger
Mann an einem Zweiertisch. Ihr fiel auf, wie ähnlich er Silke

Schepers sah, braune Haare mit blauen Augen und ein sehr rundes Gesicht.

„Grüß Gott, ich bin Fumi Geiger", sagte sie und hielt ihm die Hand hin.

„Grüß Gott", nuschelte er und drückte lasch ihre Hand. „Was wollen Sie wissen?" Er sah sie mit zusammengekniffenen Augen an.

„Zuerst einmal, wie ist Ihr Verhältnis zu Ihrem Vater?", fragte sie noch im Stehen. Sie setzte sich, hängte ihre Handtasche an die Stuhllehne und bestellte beim herbeigeeilten Kellner einen Cappuccino.

„Hm. Das Verhältnis zu meinem Vater …" Alex Schepers verschränkte die Hände auf dem Tisch und starrte in seine Cola. „Nicht sonderlich gut. Seit ich mich als homosexuell geoutet hab, eigentlich sehr schlecht."

„Dann erzählen Sie bitte, am besten die ganze Geschichte seit Ihrem Outing."

„Das war vor einem Jahr, kurz vor dem Abitur. Ich hatte da einen Freund und den wollte ich meinen Eltern vorstellen. Wir haben zusammen Mittag gegessen und dann beim Kaffee, da hab ich gesagt: Liebe Eltern, ich möchte euch etwas mitteilen. Also, Matthias ist nicht nur mein Freund, sondern auch mein Geliebter, ich bin nämlich schwul."

„Und wie haben Ihre Eltern reagiert?"

„Mama hat zum Heulen angefangen und Papa rumgeschrien. Ich wollte sie beide beruhigen, hab mir schon Namen von berühmten Homosexuellen zurechtgelegt, wie Elton John oder Guido Westerwelle, und hab gehofft, sie würden Verständnis entwickeln, aber Pustekuchen. Papa hat uns rausgeschmissen."

„Doch Ihr Vater unterstützt Sie schon noch finanziell?" Fumi rührte in ihrem Cappuccino, der gerade serviert worden war.

„Ja, schon, aber mit regelmäßigen Warnungen … Und auch

114

Deadlines, das heißt, wenn ich bis so und so keine Konversionstherapie begonnen habe, dann kappt er den Kontakt und enterbt mich. Meine Mutter steht noch etwas mehr auf meiner Seite, aber eigentlich ist sie auch für diese komische Behandlung."

„Und Sie? Möchten Sie sich diesem … sagen wir, Eingriff unterziehen?"

„Nee, natürlich nicht. Ich bleib wie ich bin. Heutzutage kann man ganz offen so leben – und das werde ich auch. Konversionstherapie!" Er machte eine wegwerfende Handbewegung und schüttelte den Kopf. „Als ob das schon einen umgedreht hätte … Wer weiß, die Bisexuellen vielleicht, aber nee, ich möchte so leben und da redet mir keiner rein, auch nicht mein Vater."

„Auch auf die Gefahr hin, dass Sie für Ihr Studium seine Geldzuwendungen verlieren - und durch das Enterbt-werden noch drüber hinaus?"

„Ja, dann such ich mir 'nen guten Nebenjob und leb billig – während dem Studium halt ich das schon irgendwie durch. Und nachher bin ich Anwalt, da sollte es kein Problem sein, auf eigenen Füßen zu stehen. Dann brauch ich auch das halbe Haus in Glattfelden nicht, das kann mein Bruder ganz haben."

„Hat Ihr Vater schon ein Testament verfasst?"

„Keine Ahnung." Die Antwort kam schnell und wirkte ehrlich.

„Und sind Sie immer noch mit diesem Matthias zusammen?"

„Ja, aber … aber es kriselt ein bisschen. Ich hab nämlich 'nen total heißen Typen kennengelernt, den Andreas."

„Und jetzt haben Sie zwei Liebhaber?"

„Sozusagen, doch ich hab mich noch nicht entschieden."

„Und der Matthias? Hat der mal was Böses über Ihren Vater gesagt?"

„Eigentlich nicht, klar, er war nicht begeistert, dass er bei meinen Eltern nicht willkommen war."

„Sie haben nicht so was gehört wie `Den leg ich um` oder so was Ähnliches?"

„Matthias? Sie wollen doch nicht sagen … Ach, jetzt versteh ich, wo der Hase begraben ist." Alex Schepers verschränkte die Arme und hob eine Augenbraue. „Sie meinen, Matthias wollte meinen Vater aus dem Weg haben – und vielleicht ich auch?"

„Ich muss Sie leider nach Ihrem Alibi fragen, aber das ist eine reine Formsache. Machen Sie sich keine Sorgen." Fumi lächelte ihn aufmunternd an. „Also, wo waren Sie am Samstag, den sechsten Juli, um ungefähr 14 Uhr?"

Er überlegte kurz. „Da war ich mit Andreas in einem Restaurant in Bogenhausen. Das Restaurant ist so ein Edelrestaurant – die Familie von Andreas hat echt viel Kohle – na, wie hat das geheißen?" Er schnippte mit den Fingern. „Ja, genau, Zampano. So heißt es."

„Ist ja ein lustiger Name für ein Restaurant."

„Vor allem, weil es einen Michelin-Stern hat."

„Wie heißt der Andreas mit Familiennamen?"

„Niklas. Sein Name ist Andreas Niklas."

„Würden Sie das Zampano empfehlen?", fragte Fumi wohlwollend. Es war immer gut, ein Verhör mit einer freundlichen Note abzuschließen.

„Auf jeden Fall! Das Essen dort ist superlecker."

„Dann geh ich da vielleicht auch mal hin. Aber war auch schön, mal wieder im Glockenbachviertel gewesen zu sein. Mir hat es hier schon immer gefallen." Es wurde teilweise von der LGBT-Szene Münchens bevölkert und hatte auch sonst einen Bohemian-Flair. „So, das war`s dann schon", meinte Fumi abschließend. „Ich lade Sie auf diese Cola ein."

„Vielen Dank." Er trank den letzten Schluck und räusperte sich. „Ich mein, im Moment steh ich nicht auf bestem Fuß

116

mit meinem Vater, aber diese Brandgeschichte hätte nicht passieren müssen. Mir wär schon lieb, wenn Sie die Sache aufklären könnten."

„Wir tun unser Bestes, auch die Polizei, aber Sie wissen, dass die vor allem Ihre Mutter und wohl auch Ihren Bruder verdächtigen?"

Er nickte. „Ja, krass."

„Wieso ist das so? Wissen Sie den Grund?"

„Meine Mutter war wohl am Tatzeitpunkt am nächsten dran. Und – und sie hatte eine Affäre mit dem Nachbarn." Alex Schepers seufzte.

„Aber nicht mit Herrn Probst?!" Fumi ließ den Teelöffel auf den Tisch fallen, den sie eigentlich gerade mit Milchschaum in Richtung Mund führen wollte.

„Nein, nicht mit dem. Nein, mit dem auf der anderen Seite, mit dem Herrn Teimann."

„Das hat sie mir gar nicht erzählt."

„Aber sie hat's der Polizei gesagt, was meiner Meinung nach etwas dumm war. Dann sind die natürlich auf die Idee gekommen, dass sie meinen Vater loshaben wollte. Und wahrscheinlich hat sie's Ihnen dann deswegen *nicht* mitgeteilt.

„Trauen Sie Ihrer Mutter sowas zu, ich meine einen Mord?"

„Nein, auf keinen Fall. Andererseits hätte ich ihr die Affäre auch nicht zugetraut. Aber ein Mordanschlag … ne, Sie müssen wissen, mein Vater ist kein leichter Mensch. Er ist nicht nur zu mir … sagen wir unverschämt, sondern auch zu meiner Mutter – und deshalb hab ich ihr es fast ein bisschen gegönnt, dass sie mal etwas glücklicher war."

„Und Ihr Vater hat es rausgefunden?"

„Das wissen wir nicht. Es wurde darüber nicht viel geredet, aber sie hat's Thomas, meinem Bruder, anvertraut, weil er wissen wollte, warum sie so viel außer Haus ist, und der hat's dann mir gesagt."

Fumi spitzte die Lippen. Mit diesem Lover musste sie wohl auch noch sprechen.

„Und der Herr Teimann, für wie ernst halten Sie die Beziehung zur Mutter? Glauben Sie, er wollte sie ganz für sich haben?"

„Nein, der is unser Dorf-Casanova. Sein Lieblingsspruch ist ‚Irgendwas geht immer', wie der Monaco Franzi immer gesagt hat."

Fumi nickte versonnen, zum Zeichen, dass sie verstanden hatte. „Gut, dann bedanke ich mich sehr für das Gespräch." Der Kellner ging gerade an ihrem Tisch vorbei und Fumi nutzte die Gelegenheit, um die Rechnung zu bitten.

„Wenn ich irgendwas für Sie tun kann, dürfen Sie sich jederzeit an mich wenden." Alex Schepers stand auf.

„Danke, das weiß ich zu schätzen." Sie verabschiedete sich mit einem Handschlag von ihm und wartete auf den Bar-Angestellten, um die Cola und den Cappuccino zu bezahlen.

Kapitel 15

Fumi überlegte nicht lange. Schnellen Schrittes ging sie zum Parkhaus, um mit ihrem Volvo nach Glattfelden zu fahren. Vielleicht hatte sie Glück und würde Herrn Teimann antreffen. Sie hoffte, dass Frau Schepers sie nicht sah. Und wenn schon - dann würde Fumi ihr die Leviten lesen. Etwas so Wichtiges zu verschweigen, konnte ein großes Hindernis für die schnelle Lösung dieses Falls sein. Eine halbe Stunde später drückte sie auf die Klingel am Türpfosten der Familie Teimann und machte sich möglichst klein, damit sie vom Küchenfenster der Schepers nicht gesehen wurde.

„Jaaa?" Ein Kaugummi kauendes Mädchen im Teenager-Alter öffnete die Tür.

„Ist Herr Teimann da? Ich möchte mit ihm wegen der Brandsache Schepers sprechen." Fumi hielt ihren Ausweis hoch.

„Der is noch in der Arbeit."

„Wann kommt er denn voraussichtlich zurück?"

Das Mädchen sah auf ihre Armbanduhr. „Vor sechse is der net dahoam."

„Dann komm ich um 18 Uhr noch einmal."

„Okay."

„Danke schön." Fumi ging zurück zum Auto, das sie um ein paar Ecken geparkt hatte, und setzte sich auf den Fahrersitz. Sollte sie hier warten? Oder gab es etwas, was sie in der Zwischenzeit tun könnte? Kurz kam ihr der Gedanke in den Sinn, bei Frau Schepers zu klingeln und sie zur Rede zu stellen, aber vielleicht würde ihr Verhör mit Herrn Teimann so gefährdet. Womöglich hätte Frau Schepers ihn gewarnt. Sie entschied, sich die Zeit mit Recherchen im Internet über Tätowierungen zu vertreiben. So erfuhr sie, dass es auch sogenannte Bio-Tätowierungen gab, die angeblich nach einigen Jahren von selbst verschwinden. Sie fand außerdem heraus, dass man Tätowierungen schwer losbekam. Man musste mit sechs bis zehn Sitzungen rechnen, jeweils mit vier Wochen Pause dazwischen. Einfach zu entfernen war ein normales Tatoo also nicht.

Um zehn vor sechs fuhr ein VW-Kombi in Richtung der Teimanns. Fumi startete ihren Wagen und folgte ihm. Kurz vor dem Haus, wo sie vorher geklingelt hatte, hielt sie an. Ein großer, gutaussehender dunkelblonder Mann mit perfektem, dandyhaft geschnittenem Haarschnitt stieg aus und öffnete das Tor mit einem Schlüssel. Dann stieg er wieder ins Auto und rollte es langsam unter einen Carport, einen modernen Überdach-Stellplatz. Fumi entschied, dass jetzt der Zeitpunkt gekommen war, ihren Ausweis vorzuzeigen und ihn anzusprechen. Sie stieg aus ihrem Wagen und näherte sich dem großen Mann im mittleren Alter.

„Grüß Gott, ich bin Fumi Geiger. Ich arbeite als Privatdetektivin. Darf ich Ihnen ein paar Fragen zu dem Brandanschlag von Herrn Schepers stellen?"

Einen Augenblick sah er Fumi sichtlich erschrocken an und entgegnete dann nicht gerade freundlich: „Brandanschlag. Der Depp war bestimmt wieder unvorsichtig." Er trug ein grünes Lacoste-Polo-Shirt zur dunkelblauen Anzugshose.

„Sie meinen, es war ein Unfall und kein Verbrechen?"

„Ach, so wie der rumwerkelt, war das nur eine Frage der Zeit, bis da was Schlimmes passiert. Einmal hat er einen Brand beim Schweißen verursacht, den er aber selbst gelöscht hat. Ein anderes Mal ist er über seine eigenen Werkzeuge gefallen, die er immer irgendwo auf den Boden legt, und hat sich eine riesige Wunde im Gesicht zugezogen. Das hat dann genäht werden müssen."

„Dagegen spricht aber, dass an zwei Tatorten die DNA einer Person gefunden wurde."

„Wie, an zwei Tatorten?" Er lehnte sich mit dem Rücken an seinen Kombi und verschränkte die Arme.

„Vor ungefähr zwei Monaten wurde ein Gärtner im Schleißheimer Schlosspark vergiftet, mit Tollkirsche und Fliegenpilz. Er ist daran verstorben. Sowohl bei ihm wie auch bei Herrn Schepers, also auf dem Lenkrad des Toyota, den er reparieren sollte, ist die gleiche DNA gefunden worden."

„So?" Er kratzte sich am Kopf. „Und was wollen Sie von mir?"

„Mir ist zu Ohren gekommen, dass Sie eine Beziehung zu Frau Schepers haben oder hatten. Entspricht das der Wahrheit?"

Er drehte sich von ihr weg. „Das geht Sie gar nichts an."

„Bei einem Kriminalfall geht die Ermittler alles an", sagte

Fumi kalt. „Haben Sie eine Beziehung mit Frau Schepers oder nicht?"

„Können Sie nicht ein bisschen leiser reden? Meine Frau und meine Tochter … verstehen Sie."

„Bitte beantworten Sie meine Frage."

Herr Teimann wandte sich wieder Fumi zu und legte den Kopf schief.

„Ja, wir hatten einen kurzen Flirt. Aber das ist seit April vorbei."

„War es für Frau Schepers etwas Ernsteres als für Sie? Sie wissen, dass sie von der Polizei verdächtigt wird. Mein Detektivbüro wurde von ihr beauftragt, sie von diesem Verdacht zu befreien. Nur hat sie mir nicht gesagt, dass sie ihrem Mann untreu war. Das hab ich erst von ihrem Sohn Alex erfahren. Damit ich sie wirklich entlasten kann, nämlich einen anderen Täter finde, muss ich wirklich alles wissen. Deswegen wäre es sehr wichtig, dass Sie mir alles, aber auch alles über Ihre Beziehung erzählen."

„Okay, dann …" Er überlegte kurz und sagte dann leise: „Sie verstehen, dass ich Sie nicht hereinbitten und darüber sprechen kann. Könnten Sie mich in meinem Büro in der Sparkasse besuchen? Da kann ich hinter geschlossener Tür alles ausführlich berichten."

„Gut. Morgen?"

„Lassen Sie mich sehen." Er sah auf sein Smartphone. „Ja, morgen um 9 Uhr geht es. Es ist die Sparkasse in Einbergen, in der Hauptstraße 68."

Fumi notierte den Termin und die Adresse im Kalender ihres Handys. „Danke. Dann bis morgen. Auf Wiedersehen."

Herr Teimann nuschelte ein Tschau und verschwand im Haus.

In der Kanzlei angekommen, sah sie Felix vor dem Computer sitzen. Seinen Bad-Boy-Look hatte er anbehalten. „Hi,

Gangsta", begrüßte sie ihn grinsend. „Hi, elegante Spieße-rin", schoss Felix zurück. „Na, so elegant auch wieder nicht." Sie sah an sich herunter, schwarze Hose zur roten Bluse, nahm dann ihren Mut zusammen und fragte: „Apro-pos elegant. Hättest du Lust, echt schick auszugehen, in ein Michelin-Restaurant namens Zampano? Auf Firmenspesen versteht sich. Ich muss ein Alibi überprüfen."

„Michelin-Restaurant auf Detektei-Kosten? Da musst du mich nicht zweimal fragen. Wann?"

„Am besten heute Abend. Wenn kein Tisch mehr frei ist, morgen."

„Aber nicht am Samstag. Da bin ich schon auf einer Grill-Party am Feldmochinger See eingeladen. Und weißte von wem?" Felix sah sie mit einem herausfordernden Grinsen an.

„Okay, von wem?"

„Von der Clique vom Ernst, also, der Clique, wo auch der Tobias dabei ist, der mit den Tätowierungen."

„Ach, nee. Wie hast du denn das geschafft?!" Sie hielt sich beide Hände vor den Mund, so überrascht und erfreut war sie.

„Ernst war da mit einer Frau namens Marion und die scheint mir ziemlich gewogen. Die hat mich eingeladen."

„Ich kann verstehen, dass die Frauen von dir angezogen werden." Was sagte sie da?

„So? Na egal, Hauptsache, es ist für was gut. Wenn dieser Tobias da auftaucht oder diese Marion was über ihn erzählt, kommen wir der Sache hoffentlich näher."

„Vielleicht sollten wir Simon in der Nähe platzieren, für den Fall, dass du Probleme bekommst. Was meinst du?" Der kräftige hauptberufliche Türsteher wurde gern eingesetzt, wenn eine Situation brenzlig werden konnte.

„Das glaube ich jetzt nicht, aber wie du meinst." Felix zuckte die Achseln.

„Wie dem auch sei: Ich ruf mal das Restaurant an und frag, ob die heute noch einen Tisch für zwei haben." Wie sich das anhörte, ein Tisch für zwei, wie ein Date oder Rendezvous, wie man das auch immer nannte. Sie verschwand kurz in ihr Büro und kam dann freudestrahlend zurück. „Wirf dich in Schale. Wir haben eine Reservierung um halb acht. Gerade hat jemand abgesagt und wir Glückskekse bekommen den Tisch."

„Kann ich nicht so dahin gehen?" Felix zeigte auf seine zerrissenen Hosen und zwinkerte ihr zu.

„Keine Ahnung, ob die einen Dresscode haben. Aber gehen wir lieber auf Nummer sicher. Es liegt im schicken Bogenhausen."

„Okay, dann fahr ich noch kurz nach Hause und treff dich dann im Restaurant. Wie ist die Adresse?", fragte Felix.

Kurz nach der vereinbarten Zeit kam Fumi im Zampano an, wo sie vom steifen Kellner an einen kleinen Zweiertisch geführt wurde. Auch sie war kurz nach Hause gefahren, um dem Ambiente entsprechend gekleidet zu sein. Sie hatte einen engen schwarzen Rock mit dunklen Pumps gewählt. Als Oberteil trug sie ein durchsichtiges, weinrotes Spitzenoberteil über ein ebenso bordeaux-rotes enges Top. Die Haut ihrer Schultern und Arme schimmerten durch den gemusterten Stoff. Ob Felix dieses Outfit sexy fand? Oder war es übertrieben? Neben dem Gedeck standen kunstvoll gefaltete Servietten, die sie an große Muscheln erinnerten. Kaum hatte sie sich gesetzt, traf Felix ein. Er trug einen dunkelblauen Anzug mit Paisley-Muster-Krawatte und hatte sein leicht gewelltes Haar mit Gel gebändigt. Als er auf sie zukam, lächelte er und zog die Augenbrauen nach oben. Ob er von ihrem Anblick überrascht war?

„Wow", konstatierte sie. „Ich hab dich noch nie im Anzug gesehen."

„Ich weiß, Männer mit Gel in den Haaren sind nicht jedermanns Geschmack, aber heute hatte ich das Gefühl, dass meine Haare besonders unordentlich sind." Er fuhr sich verlegen durch die fettige Pracht.

„Weil du auf Junkie machen musstest?"

„Mhm, irgendwie strahlen die schon was Komisches aus." Er setzt sich und begutachtete das Servietten-Kunstwerk. „Toll, das würde ich auch gerne fabrizieren können."

„Willst du das Vier- oder das Fünf-Gänge-Menü?" Fumi sah in ihre Speisekarte, während sie sich fragte, ob sie sich 120 Euro pro Person wirklich leisten konnte. Sie hätte eigentlich auch einfach allein vorbeikommen und ihren Ausweis vorzeigen können. Doch irgendetwas ritt sie. Ein konstruiertes Fake-Date mit dem attraktiven Felix. „Ich zahl dir ein Glas Wein und Mineralwasser. Die Weinbegleitung für 80 Euro wäre natürlich interessant, aber das ist dann doch zu viel für die Detektei Geiger."

„Dann doch lieber das Vier-Gänge-Menü für 99 Euro?"

„Wäre vielleicht besser", murmelte sie, ohne aufzusehen.

Der Ober kam zu ihrem Tisch. „Haben Sie schon gewählt?"

„Ja, zweimal das Vier-Gänge-Menü, eine große Flasche Wasser mit Kohlensäure und für mich ein Glas Weißwein", sie beugte sich tiefer über die Karte und las im unbeholfenen Französisch: „Chablis AOC, Domaine de l'Enclos".

„Ein Glas Domän dö l'Enclo", wurde ihre Bitte souverän wiederholt.

„Für mich ein Glas Rosé von … 2015 Weinbergschnecke", sagte Felix. „Wie bitte?", lachte Fumi.

„Der Pinot Noir 2015 Weinbergschnecke aus der Steiermark." Der Kellner trug die Bestellung in ein elektrisches Gerät ein, ohne eine Miene zu verziehen.

„Ein Wein mit so einem lustigen Namen muss gut schmecken." Felix zog amüsiert die Augenbrauen nach oben.

„Haben Sie irgendwelche Allergien oder Unverträglichkeiten?", fragte der Kellner.

„Ich mag keine Gurken, aber es ist keine Allergie", antwortete Felix.

„Dann lassen wir Gurken für Sie weg."

„Ich vertrage keinen Ingwer", sagte Fumi.

„Wir verwenden in unserem Essen keinen Ingwer", wurde ihr erklärt. Nachdem ihnen Brot und Butter serviert worden war, zerstörte Fumi das Serviettenkunstwerk und legte sich den orangefarbenen Stoff auf ihren halblangen Rock.

„Dann erzähl. Was hast du rausgefunden?"

„Also, ich bin dahin gegangen … zum Esther-Degen-Platz. Da waren schon zwei Leute, der Ernst und die junge Frau, diese Marion. Ich hab mich ihnen genähert und gefragt, ob ich bei denen bei einer Party mitmachen darf. Die Lisa - das ist die Frau, die mir den Tipp bei den Baumtrimmern gegeben hat, also die hätte mir empfohlen, mit ihnen Kontakt aufzunehmen, hab ich gesagt." Felix biss ein Stück von seinem Butterbrot ab. „Der Ernst war etwas misstrauisch, aber diese Marion wollte mich sofort auf einem Fest dabeihaben. Und dann ist etwas Komisches passiert. Die Marion meinte, dass sie wieder arbeiten gehen würde, wenn *das* vorbei wäre."

„Was meinst du mit *das*?" Die Weingläser wurden vor ihnen gefüllt. Die weiße und rosafarbene Flüssigkeit glitzerte im gedämpften Deckenlicht. Sie pausierten mit dem Gespräch, bis der Kellner sich vom Tisch entfernt hatte.

„Also, wo waren wir?", fragte Felix.

„Was dieses *das* heißt", half ihm Fumi auf die Sprünge.

„Stimmt. Also, dieses *das* war nicht rauszukriegen. Ich hab denen vorgespielt, dass das dumme Arbeitsamt mich zu den Baumtrimmern geschickt hat, aber arbeitsscheu wie ich bin – so hab ich es natürlich nicht formuliert – also, ich hab dann bald wieder gekündigt, weil mir die Arbeit zu blöd war. Darauf hat mir der Ernst zugestimmt - er kriegt anscheinend ständig doofe Stellenangebote - und ich hatte das Gefühl, dass der mich jetzt auch akzeptiert. Leider hat das nicht lange gedauert. Als die Marion gesagt hat, dass sie nicht arbeitslos gemeldet ist, hat Ernst ihr vorgeworfen, sie lasse sich von ihm und Tobias aushalten."

„Dem besagten Tobias?" Fumis Augen wurden groß.

„Genau. Dann hat sie gemeint, wenn das vorbei ist, findet sie bald wieder eine Arbeit, weil sie kontrolliert trinken kann, doch jetzt ist sie im Stress und deswegen braucht sie den Alkohol."

„Das hört sich ja verdächtig an. Sprich weiter!", drängte Fumi.

„Der Ernst hat darauf gesagt, dass sie doch eh von keiner Firma oder von keinem Hotel angestellt wird, weil sie erst einmal einen Entzug braucht, sie jedoch hat beteuert, sie könne von jetzt auf gleich auf kontrolliertes Trinken umsteigen. Ach ja, und noch was."

Sie wurden vom ersten Gang unterbrochen. „Imperial Kaviar mit Artischocken, Hühnerei und Beurre Blanc", leierte der Ober herunter.

„Das sieht ja richtig arty aus." Fumi starrte auf das hübsche Arrangement aus den genannten Zutaten. „Aber red weiter. Was meinst du mit ,noch was'?"

„Der Ernst hat gesagt, dass die Marion mit dem Tobias zusammen ist."

„Sie ist seine Freundin?!" Wegen der Lautstärke von Fumis Stimme drehte sich das Paar am Nebentisch zu ihnen um.

„Tja, weiß ich nicht genau, sie hat gesagt, sie sei nicht so richtig liiert mit ihm – ich hatte das Gefühl, sie wollte sich mir gegenüber als Single präsentieren."

„Das ist ja superinteressant." Fumi ließ den Kaviar auf ihrer Zunge zergehen. „Auch wenn es vielleicht keine feste Beziehung ist, haben die beiden was miteinander. Dann bist

126

du ja total nah dran. Fantastische Arbeit, Felix."

„Danke." Sein Lächeln schien etwas verschämt. „Leider ist der Tobias nicht aufgetaucht. Der Abgang der beiden war dann auch extrem strange. Auf meine Frage, was sie denn für einen Stress hätte, hat der Ernst für sie geantwortet. Sie hätte angeblich gedealt, aber die Leute hätten nicht gezahlt für ihr geliefertes Marihuana. Der Ernst hat sie auf einmal mit sich weg von der Bank gezerrt und sie sind von dannen gezogen. Die Marion hat mir noch zugerufen, ich soll auch wirklich am Samstag zu der Party kommen, während sie regelrecht abgeführt worden ist."

„Aha, hört sich an, als ob Ernst nicht wollte, dass sie etwas ausplaudert." Fumi nippte an ihrem Glas.

„Das Gefühl hatte ich auch," nickte Felix.

„Mir scheint dies im Moment die heißeste Spur. Geh auf alle Fälle zu diesem Fest am Samstag. Wir statten dich am besten mit einem Aufnahmegerät aus. Simon, der Türsteher hat hoffentlich Zeit, auch wenn es ein Samstag ist. Wir beide sind dann in der Nähe und wir können dir so ausreichend Schutz bieten, wenn was sein sollte." Der Ober kam und nahm die leeren Teller. Ein anderer Kellner tauchte neben ihm auf und sagte lächelnd: „Hummersuppe mit Weißwein und Cognac." Sprach's und verschwand in der Küche.

Felix tauchte den Löffel in die Brühe, führte ihn zum Mund und verdrehte die Augen zur Decke: „Mmh, das ist wirklich köstlich."

Fumi nickte zustimmend. „Dann erzähl ich dir mal, was ich heute erlebt habe. Also, ich hab mich mit dem älteren Sohn von den Schepers getroffen, in der Nähe vom Sendlinger Tor, da wohnt er nämlich. Und das Interessanteste, was ich rausgefunden hab, war, dass Frau Schepers eine Affäre mit dem Nachbarn hatte, nicht mit dem Älteren, den ich befragt habe, sondern mit dem Mann vom Haus auf der anderen Seite."

„Echt?" Felix ließ den Löffel sinken. „Ich kann mich nicht erinnern, dass sie diesbezüglich irgendwas erwähnt hat."

„Eben. Das hätte sie uns mitteilen müssen. Ihr Sohn, dieser Alex, meinte, dass sie es der Polizei gesagt hat, dadurch wurde sie jedoch zur Hauptverdächtigen und deshalb hat sie es bei uns verschwiegen. Wir sind ja dafür zuständig, in die Gegenrichtung der Polizei zu ermitteln."

„Trotzdem." Felix schüttelte den Kopf. „Wir sollten doch alles erfahren."

„Hab ich mir auch gedacht. Als ich von München losgefahren bin, hatte ich fast den Impuls, bei den Schepers zu klingeln, um ihr den Kopf zu waschen, aber ich konnte das dann doch unterdrücken. Auf alle Fälle hab ich mit dem Ex-Lover gesprochen."

„Du hast ihn erwischt?" Felix führte den Weinbergschnecken-Wein zum Mund.

„Ja, doch dafür musste ich zwei Stunden im Auto warten."

„Das sollten Privatdetektive doch gewohnt sein."

„So ganz gewöhnt man sich nie dran. Du musst dich drauf einstellen, dass dein Berufsleben zur Hälfte aus langweiligem Rumsitzen besteht. Na egal, auf alle Fälle habe ich morgen Vormittag einen Termin bei Herrn Teimann in der Sparkasse, dort wo er arbeitet. Mal sehen, ob ich da was erfahre, was uns weiterhilft."

„Es wäre also möglich, dass Frau Schepers ihren Mann aus dem Weg haben wollte?"

„Das ist wohl, was die Polizei vermutet."

„Aber würde sie wirklich Geld für Privatdetektive ausgeben, wenn sie schuldig wäre?", sinnierte Felix.

„Nee, das kann ich mir nicht vorstellen. Außerdem hab ich nicht das Gefühl, dass sie uns in irgendeine Richtung manipuliert. Sie lässt uns vollkommen freie Hand, wie mir scheint."

Felix starrte an Fumi vorbei an die Wand und schien nachzudenken. „Könnte der andere Nachbar sie vielleicht decken, dieser ältere Herr, wie heißt er noch?"

„Der Herr Probst? Hm, so kam es mir nicht vor." Fumi runzelte die Stirn. „Möglich ist natürlich alles. Aber sie kann diesen Tobias doch nicht einfach so erfunden haben, um von sich abzulenken? Den gibt es doch wirklich?"

„Sieht mir schon so aus. Spätestens am Samstag werde ich es hoffentlich erfahren. Womöglich bekommst du ja morgen mehr Informationen von dem Herrn – wie heißt er?"

„Herr Teimann. Mein Bauchgefühl geht eher in die Richtung Clique Esther-Degen-Platz. Diese Party ist eine super Gelegenheit. Echt gut, dass diese Marion an dir Gefallen gefunden hat." Sie wollte noch sagen: ‚Deine Attraktivität kannst du in diesem Geschäft wirklich gut nutzen.', doch irgendwie blieb ihr der Satz im Halse stecken. „So, dann überprüf ich mal das Alibi von Alex Schepers", sagte sie stattdessen. „Entschuldigung …", Sie winkte den jüngeren sympathischeren Ober herbei, der ihnen die Hummersuppe serviert hatte.

„Womit kann ich Ihnen dienen?", fragte er mit einem professionellen Lächeln.

Fumi nahm ihren Ausweis aus ihrer Handtasche. „Ich bin Privatdetektivin Geiger und möchte ein Alibi überprüfen. Könnten Sie mir sagen, ob am sechsten Juli um ungefähr 14 Uhr ein Herr Alex Schepers hier im Restaurant war?"

Da der junge Mann sichtlich überrumpelt schien, machte er den Mund auf und zu wie ein Fisch im Wasser. „Da muss ich nachfragen, einen Augenblick", sagte er schließlich. Ein paar Sekunden später kam er mit einem älteren grauhaarigen Herrn wieder, der eher finster dreinblickte. „Was möchten Sie? Ich bin der Geschäftsführer", fragte er.

Fumi wiederholte ihr Sprüchlein und zeigte ihren Ausweis.

Das schien den Chef zu überzeugen. "Ich hole das Reservierungsbuch", nickte er, ging zum Podest mit der Aufschrift ‚Please wait to be seated' und kam mit einem großen Notizheft von dort zu ihnen zurück. „Georg, räum mal die Suppenteller ab. Dann haben wir hier mehr Platz." Der perplexe Georg tat wie ihm geheißen, während der Manager des Zampanos die große Kladde auf den Tisch legte und einige Seiten zurückblätterte. „Gut, dass hier noch auf die altmodische Weise Tischreservierungen gemacht werden. Diese Reservierungsportale im Internet taugen ja nichts. Nachdem zehnmal Leute hier auf der Matte standen, die anscheinend reserviert hatten, wir darüber aber keine Nachricht bekommen hatten, entschied ich mich, das Restaurant davon abzumelden. Jetzt müssen die Leute wieder ganz klassisch anrufen oder eine persönliche E-Mail schreiben." Der Herr hatte einen norddeutschen Akzent. „So, hier ist der sechste Juli …" Er fuhr mit dem Zeigefinger die lange Liste der Namen herunter. „Um 13 Uhr war hier eine Reservierung für Herrn Niklas für zwei Personen."

„Niklas ist der Nachname von Alex Schepers neuem Freund. War Herr Niklas mit einem Mann hier?"

„Ja." Der Geschäftsführer grinste verschmitzt. „Der kommt immer nur mit Herren, nie mit Damen."

„Können Sie sich erinnern, wie die Begleitung des Andreas Niklas ausgesehen hat?", fragte Fumi.

„Er hatte braune, kurze Haare und ein weißes Hemd an. An mehr kann ich mich nicht erinnern."

„Seinen Namen hat er nicht gesagt?"

„Vielleicht haben die Kellner was gehört." Er wandte sich um und rief: „Georg, komm noch mal her."

„Sofort, muss nur noch schnell das hier in die Küche bringen." Besagter Georg verschwand mit drei leer gegessenen Tellern hinter einer Tür, kam dann sofort wieder heraus und steuerte auf ihren Tisch zu.

130

„Du, Georg, konntest du hören, wie Herr Niklas seine Begleitung nannte?"

Der Nachwuchskellner wischte sich von oben nach unten über sein Gesicht. „Hm, er hat ihn mir ganz stolz vorgestellt. Da war was, irgendwas mit A, … Axel vielleicht?"

„Er heißt Alex Schepers", sagte Fumi.

„Ja, genau." Er schnalzte mit den Fingern. „Alex – das war's."

„Danke, das passt. Dann kann ich Alex Schepers Alibi bestätigen", sagte Fumi.

„Sie können uns nicht sagen, für was Sie das Alibi brauchen?", fragte der junge Georg und legte den Kopf schief.

„Der Herr Niklas ist nämlich unser Stammgast …".

„Es geht um einen Brandanschlag, in dem wir ermitteln. Mehr darf ich Ihnen leider nicht erzählen."

„Wir sind diskret und brauchen das auch nicht zu wissen." Der Geschäftsführer warf dem Untergebenen einen tadelnden Blick zu.

„Dann danke ich Ihnen sehr", sagte Fumi.

„Darf ich Ihnen jetzt den Hauptgang servieren?" Georg schien sich an seine beruflichen Pflichten zu erinnern.

„Gerne", lächelte Felix.

„So, das wäre auch abgehakt", sagte Fumi, nachdem die beiden Herren sich von ihrem Tisch entfernt hatten.

„Was wir jetzt ganz sicher wissen, ist, dass Alex Schepers zum Tatzeitpunkt nicht am Tatort war, aber wir wissen nicht, ob er einen Mord beauftragt hat", sagte Felix und nippte an seinem Weinglas. „Der Wein schmeckt herrlich", nuschelte er dann mehr zu sich selbst als zu Fumi.

„Wenn dieser Tobias kein Motiv hat, muss er ein Auftragsmörder sein, aber für wen? Oder hat er eins?" Sie verschränkte die Arme und sah zum Nachbartisch, wo ein älteres Ehepaar gerade zwei Gläser Aperol Spritz serviert bekam.

„Das gilt es herauszufinden. Vielleicht kann ich der Marion übermorgen etwas entlocken.“

„Und ich red morgen noch mit dem Herrn Teimann. Mal sehen, ob das was bringt“. Inzwischen war Georg mit zwei großen Tellern zu ihnen herangetreten und sagte: „Flanksteak mit sommerlichem Ratatouille-Gemüse.“ Nachdem sie sich für den Service bedankt hatten, sagte Fumi:

„Jetzt ist der berufliche Teil beendet. Lass uns noch etwas quatschen. Gibt's was Neues bei dir?“ Was heißen sollte: ‚Irgendein neues Date?‘ „Nein“, sagte Felix. „Aber im Karate hab ich mich für die Prüfung des zweiten Dan angemeldet.“

„Wow, der zweite schwarze Gürtel? Ich war schon ein paar Wochen nicht mehr im Training, wegen dem blöden Knie.“ Fumi war froh, dass es um ein unverfängliches Thema ging. Während sie über Karatetechniken und Kampfsportschulen fachsimpelten, genossen sie das Flanksteak. Als Nachspeise bekamen sie Limetten-Kokos-Tartelettes mit Baiserhäubchen. Als Fumi an diesem Abend nach Hause kam, fühlte sie sich, als wäre sie noch einmal zwanzig Jahre alt, so leicht und beschwingt hatte sie das gemeinsame Abendessen mit Felix gemacht.

Kapitel 16

Am nächsten Morgen jedoch rief wieder die Pflicht. Fumi parkte ihren Volvo gegenüber der Stadtsparkasse von Einbergen. Die Kfz-Werkstatt, wo Hermann Schepers arbeitete – oder gearbeitet hatte, nichts war bis jetzt sicher – befand sich nur wenige Meter entfernt. Nachdem sie klargestellt hatte, dass sie keine Bankgeschäfte am Schalter tätigen, sondern den Chef sprechen wollte, wurde sie von einer Angestellten in den Vorraum des Büros geführt. Sie musste nicht lange warten. Die Tür öffnete sich und Herr Teimann erschien im Türrahmen. „Grüß Gott", sagte er und schüttelte Fumis Hand. Sein Gesichtsausdruck war ernst. „Bitte setzen Sie sich", wies er sie an. Sie ließ sich auf einen Stuhl gegenüber dem Schreibtisch nieder und fühlte sich auf einmal, als wäre sie Patientin eines schlechtgelaunten Arztes, so finster sah er sie an. „Also, was wollen Sie wissen?"

„Erzählen Sie mir einfach alles, was sich zwischen Ihnen und Frau Schepers abgespielt hat, einfach die ganze Wahrheit. Sie wissen, dass sie von der Polizei verdächtigt wird. Wir wurden beauftragt, den wahren Täter zu finden." Fumi setzte sich aufrecht hin, um selbstbestimmt auszusehen.

Herr Teimann verschränkte seine Hände hinter dem Kopf. „Also, wo soll ich anfangen." Er pustete Luft durch die Lippen. „Da war ein Dorffest, das Johannisfest letztes Jahr, so um den 21. Juni herum. Natürlich haben wir uns schon vorher gekannt, aber dort hat es dann gefunkt. Ihr Mann war nicht da – der war auf einem Angelausflug mit seinen Freunden – und ihr war kalt, weil sie keine Jacke mitgebracht hatte. Zuerst war's warm, um elf jedoch ist ein ziemlich starker Wind aufgekommen. Ich hab ihr angeboten, dass ich ihr einen Arm um die Schultern leg und sie dadurch wärme, aber das war ihr zu – ja, wie wie soll man sagen – die anderen vom Dorf hätten das ja gesehen … Deswegen hab ich mich einfach ganz nah an sie drangesetzt, so war das nicht so auffällig. Sie hat mir dann ihr Herz ausgeschüttet, wie unglücklich sie in der Ehe ist … wie schlecht er sie oft behandelt … Und dann … also, ihr Mann war nicht zu Hause … sind wir miteinander in ihrem Bett gelandet." Sein gezwungen erscheinendes Hochdeutsch hatte einen deutlich bayerischen Akzent.

„Interessant, ich wusste gar nicht, dass es in der Beziehung so große Probleme gibt. Allerdings … ist es nicht verwunderlich. Bis jetzt hab ich nicht viel Gutes über Herrn Schepers gehört." Fumi überlegte kurz, ob sie ihr Notizheft aus der Handtasche nehmen sollte, entschied sich jedoch dagegen. Sie würde sich das Gehörte merken und später im Auto notieren.

„Der ist einfach kein leichter Mensch, der Hermann und deswegen …" Er stockte und biss sich auf die Lippen. Was hatte er wohl sagen wollen? ‚Und deswegen war sie leichte Beute' vielleicht?

„Und wie ging es dann weiter? Wie lange hat die Affäre gedauert?", fragte Fumi, als ihr die Gesprächspause zu lang geworden war.

„Wir haben uns bis diesen April gelegentlich getroffen, nicht sehr regelmäßig, schließlich haben wir beide ja andere Verpflichtungen. Aber plötzlich hat sie mir eröffnet, dass es vorbei ist. Sie hat mir nicht gesagt, warum, ich vermute, dass er dahintergekommen ist."

„Seit April haben Sie sich also nicht mehr gesehen?"

„Nein, gar nicht mehr." Diese Verneinung klang schnell und überzeugend.

„Die Polizei glaubt, dass Frau Schepers ihren Mann loshaben wollte. Sie sagen mir ganz sicher die Wahrheit? Sie haben mit Frau Schepers wirklich keine Liebesbeziehung mehr und Sie wollten mit ihr nicht fester zusammenkommen?" Fumi starrte auf sein Gesicht, um irgendwelche Auffälligkeiten zu erhaschen – am auffälligsten war das Augenzusammenziehen vor einer Lüge, das Sie schon so oft gesehen hatte. Herr Teimann jedoch riss die Augen auf, als sei er überrascht.

„Nein, wo denken Sie hin? Dass ich ein Komplott mit ihr geschmiedet habe? Nein, ganz deutlich nein. Ich würde meine Frau nie verlassen."

„Was wäre, wenn Ihre Frau sich von Ihnen scheiden lassen wollen würde – aus offensichtlichen Gründen?"

„Hören Sie." Er verschränkte die Arme vor sich auf der

Schreibtischplatte. „Meine Frau und ich haben eine Abmachung. Sie weiß, wen sie geheiratet hat."

„Sie haben also noch andere außereheliche Affären?"

„Manchmal."

Nichts davon hörte sich sehr verdächtig an. Wer jedoch konnte diese Geschichte bestätigen? Alex Schepers? Der könnte seine Mutter mit einer Lüge decken. Genauso Thomas Schepers. Wenn die Beziehung noch andauerte, wäre Frau Schepers – und mit ihr Herr Teimann – sehr wohl verdächtig.

„Gibt es außer Alex Schepers noch jemanden, der von der Beziehung wusste?"

„Meine Frau hat es bestimmt mitgekriegt – ich habe es ihr aber nicht explizit erzählt."

„Es wäre halt gut, wenn ich jemanden Unabhängigen finden könnte, der mir versichert, dass die Affäre wirklich der Vergangenheit angehört und dass Sie keine Zukunftspläne miteinander geschmiedet haben. Dann gelten Frau Schepers – und auch Sie – nicht mehr als Tatverdächtige."

„Ich werde auch verdächtigt?" Seine Augen weiteten sich wieder.

„Ich befürchte ja. War schon jemand von der Polizei da, um sich mit Ihnen zu unterhalten?"

„Bis jetzt nicht." Er schüttelte leicht den Kopf. Im Ausdruck seiner Augen konnte man so etwas wie Besorgnis erkennen.

„Wenn ich niemand anderen finde, müsste ich mit Ihrer Frau sprechen – und das wäre sicher unangenehm für Sie. Bitte sagen Sie mir, dass es noch jemand anderen gibt, der von der Affäre wusste. Sie haben keinen besten Freund oder so ähnlich, mit dem Sie alle Geheimnisse Ihres Lebens teilen?", insistierte Fumi, während sie nervös mit einem Fuß auf den Boden klopfte, ohne es zu merken.

„So was halt ich auch vor meinen Kumpels geheim. Man

weiß ja nicht, wer was wem weitersagt. Das könnte Komplikationen geben."

„Aber Sie und Ihre Frau haben doch eine Art offene Beziehung?"

„Ich mein, es könnte den anderen Frauen Schwierigkeiten machen, also wegen der Ehemänner."

„Ach so. Hm." Fumi sah kurz an die Decke. „Darf ich dann Ihre Frau diesbezüglich befragen?"

Er zog seine Schultern vor und zurück. „Also, wenn es möglich ist, eher nicht."

Fumi dachte an die Grillparty am Wochenende. Wenn sich dort eine heiße Spur ergab, brauchte sie vielleicht gar keine Art Alibi für das Beziehungsende.

„Machen wir es so." Sie setzte sich wieder aufrecht hin. „Ich hab noch andere Verdächtige. Wenn einer sich zwischenzeitlich als Täter herausstellt, ist ein Gespräch mit Ihrer Frau nicht nötig. Wenn allerdings alle Spuren im Sand verlaufen, dann muss es leider sein."

„Gut. So machen wir es." Er atmete tief aus.

„Dann danke ich Ihnen. Auf Wiedersehen."

„Bitte." Nach einem kurzen Händeschütteln verließ Fumi die Sparkasse und ging zu ihrem Volvo, der mittlerweile von der heißen Sommersonne aufgeheizt war. Als sie alle Fenster aufriss – das Auto hatte noch keine Klimaanlage – hoffte sie inständig, dass es sich erübrigen würde, mit Frau Teimann zu sprechen.

Kapitel 17

Am Samstag rief sie Simon an, den Türsteher, der manchmal freiberuflich für ihre Detektei arbeitete, wenn sie einen starken Mann brauchte. Leider hatte er gerade an Samstagabenden wenig Zeit, da aber der Club erst um elf

Uhr öffnete, erklärte er sich bereit, bis halb elf in die Nähe der Grillparty zu kommen. Felix verwandelte sich wieder in die zwielichtige Version seiner selbst, mit zerrissenen Hosen und wuscheligen Haaren. Die Abzieh-Tatoos waren zum Glück noch nicht verblasst und an derselben Stelle wie vor einigen Tagen, als er sich Marion und Ernst genähert hatte. Sie entschieden sich, mit zwei Autos zum Feldmochinger See zu fahren, Felix mit seinem roten Golf und Fumi mit ihrem grünen Volvo. Vielleicht brauchte Felix seinen Wagen, um sich mit Marion irgendwohin zu begeben, hatte Fumi gemeint, worauf Felix deutlich Unwillen zeigte, indem er durch die geschürzten Lippen pustete. Fumi hatte ihm jedoch erklärt, dass er als Adonis-Falle fungiere und jetzt ein guter Schauspieler sein musste. Auch wenn die Party erst um halb neun Uhr begann, hatte Fumi beschlossen, dass sich alle drei schon einige Zeit vorher postieren sollten, für den Fall, die Leute tauchten vorher auf. Simon traf kurz nach den beiden ein. Seine Muskeln am ganzen Körper schienen noch größer als beim letzten Einsatz zu sein. Ob er Steroide nahm? Egal, Hauptsache, er war stark genug, um die beiden zu unterstützen, wenn ihre Karatekünste an Grenzen stießen. Fumi und Simon bezogen im Schatten einer Eiche Stellung, von der sie halb verdeckt waren, aber auch gut die Grillplätze übersehen konnten. Felix durchstreifte das Ufer, um sich umzusehen, einerseits um zu überprüfen, ob Marion und Ernst schon eingetroffen waren, andererseits um Fluchtwege zu erforschen, falls er einen brauchte.

„Geht's dir gut?" Fumi hielt Simon den Kopfhörer hin, der ihn mit dem Mikrophon in Felix' Hosentasche verbinden sollte. Sowohl Lautsprecher wie auch Mikrophon waren im Feuerzeug des Praktikanten angebracht worden, mit dem er unauffällig herumspielen konnte.

„Ja, ja, gut, gut", antwortete Simon lakonisch und nahm den

Kopfhörer aus Fumis Hand. „Und habt ihr schon wieder Massen von betrügenden Ehemännern überführt?" Hier bezog er sich auf den letzten Einsatz, als sie einen leicht zu erzürnenden Arzt in Flagranti mit seiner Geliebten erwischten, der Einträge wegen Körperverletzung in seinem Führungszeugnis hatte. Simon hatte ihn nach kurzem Gerangel überwältigt und auf dem Boden in einem Hotelzimmer fixiert, bis die Ehefrau eintraf.

„Nee, in letzter Zeit hatten wir nur zwei untreue Ehefrauen und eine bulgarische Welpen-Schmuggler-Gang." Fumi drückte sich den Earphone-Bud wie Ohropax ins Ohr und kurz darauf hörte sie ineinander verwobene Stimmen. „Felix, hörst du mich?" „Ja, sprich nicht so laut. Ein Mann schaut mich schon komisch an, weil eine Stimme aus meiner Hosentasche kommt", ließ Felix sich hören. „Dann dreh es leiser, aber lass es laut genug, dass du uns im Notfall hören kannst, Ende." „Mach ich, Ende." Seine Stimme war am Ende deutlicher geworden. Anscheinend hatte er das Feuerzeug aus seiner Jeans genommen. Fumi erklärte Simon kurz, worum es sich bei diesem Fall handelte.

„Mensch, das ist ja mal was Interessantes", meinte er anerkennend. Dann begann wieder das für Privatdetektive so typische Warten – doch diesmal nicht im Auto, sondern auf Fumis mitgebrachter Picknick-Decke. Sie beobachtete aufmerksam die Umgebung, während Simon ununterbrochen auf sein Handy starrte. Er schien durch Instagram zu scrollen. Das Wasser glitzerte im sonnendurchfluteten Sommerabend, schließlich wurde es im Juli erst nach neun Uhr dunkel. Kinder tobten um Erwachsene, die in Badeklamotten auf Strandtüchern saßen oder lagen, sich unterhielten oder in ihr Handy sprachen. Daneben hielt eine anscheinend türkische Familie einen Grillabend. Die jüngeren Frauen zeigten ihr Haar und trugen Shorts, die älteren lange Röcke und

Kopftücher. Zwei Männer der Gruppe standen um schwarzes Metall und wendeten von Zeit zu Zeit das brutzelnde Fleisch. Eine Gruppe Jugendlicher planschte im Wasser, während sie sich etwas zuriefen. Die Hitze um die dreißig Grad machte ein angenehmer, leichter Wind erträglich, Eichen und Linden in unregelmäßigen Abständen zeichneten angenehme dunkle Schattenflecken auf dem Gras.
Um halb neun hörte sie endlich Felix' Stimme: „Hi Marion, hi Ernst, ihr seid schon da?"

Felix hatte vier bepackte Leute auf den Grillplatz kommen sehen, darunter die beiden vertrauten Gesichter von Marion und Ernst. Dieser hatte eine Kühltasche über der Schulter.
„Felix, du bist echt gekommen, super!" Marion sprang auf ihn zu und umarmte ihn. Einer der anderen beiden Männer sah diesen Vorgang mit mürrischem Gesichtsausdruck an. Er war hager, hatte eine Glatze und unter anderem die Tätowierung einer nackten Frau auf einem Oberarm. Den großen Ohrring trug er jedoch nicht. Felix' Herz begann, schneller zu schlagen.
„Felix, darf ich vorstellen. Das ist Tobias und das ist Theo." Felix hielt Tobias die Hand hin. Dieser nahm sie und nickte tonlos. Dann kam Theo an die Reihe, der ihn wesentlich freundlicher willkommen hieß. Sein unterer blonder Haaransatz war rasiert. Auch er hatte die nackte Frau auf dem rechten Oberarm. Diesmal trug auch Ernst ein kurzärmliges T-Shirt und so konnte man bei ihm die gleiche Tätowierung sehen. Es musste wohl tatsächlich ein Gangzeichen sein. Nur Marion, die lediglich eine Goldkette um den Hals trug, schien bar jeglichen Hautschmucks. „Der Felix kennt die Lisa", sagte Ernst zu Tobias und Theo.
„Dann bauen wir mal das Gerät hier auf", grummelte Tobias.

„Ich pack den Proviant aus." Marion machte sich an die Arbeit, indem sie ihre Tasche abstellte und darin herumkruschte. „Hast du nichts dabei?"

„Äh, ich hab gedacht, man kann sich hier was kaufen", entschuldigte Felix seinen Mangel an Mitgebrachtem.

„Macht nichts, wir haben bestimmt genug. Der Achim bringt noch einen Kasten Bier." Sie warf ein großes Handtuch auf den Boden und legte ein paar Tüten Chips und Salzstangen daneben, wobei Felix auffiel, dass sie leicht schwankte. Er ging zu den drei Männern, die mit dem Grill beschäftigt waren und erkundigte sich, ob er helfen könnte. „Nein, das schaffen wir schon allein", sagte Tobias. So kehrte Felix wieder zu Marion zurück, die in der Kühltasche von Ernst herumhantierte. „Ich lass das Fleisch lieber drin, bis die fertig sind", sagte sie zu Felix.

„Und wie geht's dir so?", fragte dieser.

„Sehr gut. Meine Projekte scheinen alle zu klappen – und du bist hier." Sie blinzelte ihm zu.

„Welche Projekte?"

„Ach, erzähl ich dir mal wann anders." Sie machte eine wegwerfende Handbewegung. Achim traf mit dem angekündigten Bier ein. Seine untere Kopfhälfte war kahlgeschoren wie die von Theo, dazu konnte er einen kleinen Bauchansatz vorweisen – und die obligatorische nackte Frau am Oberarm. Warum hatte Marion die nicht? Gehörte sie nicht dazu? Oder waren nur die Männer damit gezeichnet? Auf jeden Fall wirkte Marions Kleidung so viel eleganter – dunkelblaue Shorts bis zum Knie, ein figurbetontes gelbes Top mit dezenten Rüschen um den eckigen Ausschnitt. Wenn sie kein sichtliches Alkoholproblem hätte, würde man sie hier fehl am Platz erachten. Nach einer kurzen Begrüßung gesellte sich auch Achim zu den Männern. Auf Marions Bitte trug er die Tasche mit dem Fleisch zum Grill.

140

„Setz dich zu mir." Marion klopfte auf eine Stelle des Handtuchs, das zwischen ihnen ausgebreitet worden war und auf das sie sich gesetzt hatte. Felix tat, wie ihm geheißen.

„Willste 'n Bier?" Sie nahm eine Flasche aus Armins Getränkekiste und öffnete sie.

„Da sag ich nicht nein", erwiderte Felix und nahm den angebotenen Gerstensaft.

Sie öffnete noch eine und fing sofort an, daraus zu trinken.

„Ach, das tut gut." Mit dem Handrücken wischte sie sich den Mund ab, eigentlich eine vulgäre Geste, aber bei ihr wirkte auch diese fast vornehm.

„Dann erzähl mir doch von deinen Projekten", versuchte es Felix noch einmal.

Sie setzte die Bierflasche ab und starrte in den offenen Flaschenhals. „Ach, ich hab da so 'n Hühnchen mit zwei Leuten zu rupfen. Und ja, das ist gut gegangen, fast noch besser als ich dachte."

„Und wie sieht das aus, das Hühnchenrupfen?"

„Na, Rache halt."

„Kannst du das etwas konkreter sagen?"

Marion schaute zu den Männern, die anscheinend den Grill zum Laufen gebracht hatten und sich lachend unterhielten.

„Dafür kenn ich dich noch nicht gut genug. Wenn wir uns näher kennen lernen, sag ich's dir."

Jetzt nur nicht nachlassen. „Ist einer von denen an den Racheprojekten beteiligt?" Felix zeigte mit einer Schulter zu den vier Männern.

„Ja, könnte man so sagen."

„Ist es Tobias?"

„Woher … ich meine, warum glaubst du das?"

„Weiß nicht, der sieht mir so 'n bisschen nach Rache aus."

„Der Tobias ist mein … wie soll man sagen, mein Racheengel."

„Das heißt, er führt die Vergeltung für dich aus?"

Marion runzelte die Stirn und sah auf einmal bitter aus. „Wenn die Menschen nicht so blöd wären, würd ich mich auch nicht rächen. Die haben mein Leben kaputtgemacht. Also mach ich ihres kaputt."

„Wieso ist dein Leben denn kaputt?"

„Weil ich wegen denen am Alkohol häng, ich mein, nicht immer, aber zeitweise. Wenn die nicht so widerlich gewesen wären, hätte ich 'n ganz anders Leben. Ich wär wohlhabend, hätte 'ne Familie …" Marion schaute verträumt in Richtung Himmel, konnte aber den Kopf nicht lange oben halten. Ihr Kinn plumpste auf die Brust.

„Und was haben die gemacht?"

Daraufhin erzählte Marion Felix ihre Geschichte.

„Bis vor einem Monat hab ich noch ein normales, glückliches Leben geführt. Ich hab mit René zusammengelebt, einen Job an der Rezeption von so 'ner Elektronikfirma gehabt und von Heirat und Kindern geträumt. Und dann ist diese neue Tussi gekommen, in der Arbeit, und hat mir das Leben schwer gemacht. Sie hatte irgendwie ein Vorurteil gegen mich, weil sie keine Ausländer mag, also mein Vater ist aus Japan, weißt du, und dann … also, einer, den ich von meiner Kindheit gekannt hab, war ein Freund von ihr. Den hat sie als Kfz-Mechatroniker für den Fuhrpark vermittelt. Wie er das erste Mal zur Rezeption gekommen ist, um sie irgendwas zu fragen, hat er mich entdeckt. Und was hat er gesagt: Die Kanaken-Krähe arbeitet hier!"

"Kanaken-Krähe? Was soll 'n des heißen?" Felix schüttelte verständnislos den Kopf.

„Na, dass ich 'ne hässliche Ausländerin bin, meine Mutter is zwar Deutsche, aber is ja egal." Marion seufzte. „Und bei dem einen Kommentar ist es nicht geblieben. Jedesmal, wenn er zu uns gekommen ist, hat er mich abwechselnd Kanaken-Krähe oder b'suffas Wogscheidl gennant. Du weißt, was das heißt?"

„Dass man besoffen ist?" Felix kratzte sich an der Schläfe.

„Er hat auf meine Vergiftungs… nee, das heißt Entgiftung, also auf meine Aufenthalte im Krankenhaus ange-spielt." Sie stieß ihre Bierflasche um, woraus etwas restliche Flüssigkeit entwich.

„Was meinst du mit Aufenthalten im Krankenhaus?" Felix war ehrlich gespannt.

„Na, Entgiftung und Psychiatrie halt." Marion strich sich über das Kinn. "Tja, und dann ging's wieder los. Er war zwar nur zwei Tage die Woche in der Firma, aber er hat die blöde Katrin - also die Kollegin von der Rezeption - so auf-gewiegelt, dass sie mich auch nur noch fertiggemacht hat. Es war echt 'ne Tortur, acht Stunden neben ihr zu sitzen. Und dann war sie unfreundlich und arrogant zu allen An-rufern. Wenn sich jemand über diese Behandlung be-schwert hat, dann hat sie es geschafft, es so hinzudrehen, dass der Verdacht auf mich fällt. Da war dann die Sache mit dem Kleinen Feigling, du weißt schon, die kleinen Schnaps-flaschen an der Kasse von den Supermärkten. Ich geh da in so 'ne Gruppe für kontrolliertes Trinken – also im Moment nicht, aber ich geh da schon wieder hin – also, da darf man nur Bier und Wein trinken, keine harten Sachen, und die leichten auch nicht zu oft. Und ja, wegen der blöden Kolle-gin hab ich auf einmal enormen Suchtdruck bekommen und da seh ich diese Schnapsflasche beim Warten an der Kasse … Einmal kann ja nicht schaden, hab ich mir gedacht. Aber so was denkt man … und dann verliert man die Kontrolle. Natürlich ist es nicht bei diesem einen Feigling geblie-ben." Marion seufzte und wischte sich mit den Fingern über die Stirn.

„Du hast dann noch andere harte Sachen getrunken?"

„Ich hatte den totalen Rückfall. Nach zwölf Jahren kontrol-liertem Trinken. Nach der zweiten oder dritten Alkoholver-giftung mit Anfang Zwanzig bin ich zuerst in die Gruppen der Anonymen Alkoholiker gegangen. Aber das war mir zu streng, vielleicht auch zu religiös. Und dann hab ich von der Selbsthilfe-Gruppe für kontrolliertes Trinken gehört. Und das hat echt funktioniert, obwohl die Ärzte mir geraten haben, nie wieder einen Tropfen anzurühren. In der Gruppe ist festgelegt worden, nur alle drei Tage ein Bier oder ein Glas Wein zu trinken. Jeder, der mehr trinkt und Zeichen von unkontrolliertem Alkoholkonsum zeigt, wird aus der Gruppe ausgesperrt und wieder an AA verwiesen. Ich hab es eine Zeit lang sogar geschafft, nur bei besonderen Gelegenheiten zu trinken, wie bei Familienfeiern oder Partys mit Freunden." Sie hielt inne und sah die Bierflasche in ihrer Hand an, als wäre sie ihr Feind. „So hab ich niemand von Renés Familie erzählen müssen, dass ich wegen dem Alk ein paar Mal in der Psychiatrie gelandet bin. Weißt du, meine Freundin Julia zum Beispiel, die ich bei AA kennengelernt hab, musste auf jedem Fest ihre Trockenheit verteidigen, wenn besonders coole Typen sie eine Spaßbremse mit O-Saft genannt haben. Sie hat dann klar und deutlich gesagt, dass sie trockene Alkoholikerin ist. Ich konnte so tun, als ob ich ganz normal bin. Nur René hat von meiner Vorgeschichte gewusst." Sie hielt inne und sah auf ihre Fußspitzen. „Und dann also der Kleine Feigling. Warum der wohl so heißt? Weil Leute, die den trinken, feige sind? Wenn ich nur den Mut gehabt hätte, mit jemandem aus der Personalabteilung zu sprechen." Mit der freien Hand strich sie sich übers Haar und starrte in eine unbestimmte Ferne. „Vielleicht hätt ich ja versetzt werden können. Es hat schließlich noch eine zweite Rezeption in der Firma gegeben. Aber nein, ich wollte es einfach so durchstehen. Mit einem kleinen Feigling vor der Arbeit. Bald waren es zwei, dann drei und schließlich bin ich bei der ganzen Flasche Jelzin Wodka gelandet. In meine Selbsthilfegruppe bin ich dann auch nicht mehr gegangen. Die hätten mich sowieso rausgeschmissen.

144

Ja, und wenn du immer besoffen zur Arbeit kommst, machst du natürlich viele Fehler. Irgendwann hab ich vergessen, auf welche Taste ich drücken muss, um Anrufer zu verbinden. Und dann …“ Sie seufzte und knetete an ihrem Ohr herum. „Und dann ist dieser dumme Unfall mit Renés Auto passiert. Er hat mich immer sein Auto fahren lassen, weil ich keins hab. Ein Dreier-BMW mit Totalschaden. Ich hab einem Ford Mondeo die Vorfahrt genommen und bin in ihn hineingerammt.“ Sie veranschaulichte den Unfall, indem sie die Hand, die mittlerweile eine zweite, ungeöffnete Bierflasche hielt, mit der Faust der anderen Hand in der Luft zusammenstoßen ließ. „Zum Glück ist niemand verletzt worden. Doch die herbeigerufene Polizei hat mich blasen lassen und 1,5-Promille bei mir im Blut festgestellt. Ja, und den Führerschein bin ich jetzt los. Wenn alles vorbei ist und ich wieder auf beiden Füßen steh, kann ich ihn, glaub ich, wieder beantragen.“

„Wenn was vorbei ist?“, warf Felix ein. „Das Hühnchenrupfen?“

Sie nickte, während sie ein Bündel Schlüssel aus der Hosentasche fischte, woran ein Flaschenöffner hing. Sie rutschte ein paar Mal ab, bis sie es schaffte, die volle Flasche zu öffnen und einen großen Schluck daraus zu nehmen. „Genau, das Hühnchenrupfen“, schmatzte sie, während sie sich die Flüssigkeit von den Lippen leckte. „Die haben so viel kaputt gemacht. René hat mich rausgeschmissen. Ich hab meinen Job, meine Beziehung und meine Wohnung verloren.“

„Weil du deine Miete nicht mehr zahlen konntest?“

„So indirekt. Also, ich hab in der Wohnung von René gelebt, das is seine Eigentumswohnung, und mich natürlich an den Kosten beteiligt, so viel, wie ich halt konnte. René ist Ingenieur bei BMW und verdient viel mehr als ich.“

Felix setzte an, sie zu fragen, ob sie noch Kontakt zu René hätte, weil sie ihm tatsächlich leidtat, aber dann erinnerte er sich, dass er auf der Spur von Tobias bleiben musste. „Und jetzt bist du mit Tobias zusammen?", fragte er beiläufig.

„Nee, das ist nur was Vorübergehendes, so 'ne Art friendship with benefits." Felix fiel auf, wie gut sie den englischbritischen Akzent nachmachen konnte. „Er lässt mich bei sich wohnen und dafür … „ Sie lächelte augenzwinkernd. „Aber es is 'n bisschen eng, das ist so ein Ein-Zimmer-Appartement mit Kochnische. Ach, wenn ich dran denk, wo ich vorher gewohnt hab. In 'ner 70-Quadratmeter-Wohnung mit großem Balkon." Ihre Schultern gingen hoch und tief, während sie ein- und ausatmete. Von den Männern am Grill ging Lärm aus, sie schienen irgendeine Meinungsverschiedenheit zu haben.

„Und Tobias hilft dir mit dem Hühnchenrupfen?", fragte Felix.

„Ja, er kann verstehen, was ich wegen denen durchgemacht habe. Außerdem ist er nicht so helle im Kopf, also wie nennt man das heute? Lern… Lernschwierigkeiten, glaub ich, und so stellt er nicht so viele Fragen."

„Und diese Katrin und der Furhparkmann haben dich also gemobbt?"

„Ja, das war Mobbing. Schlimmes Mobbing. Tobias ist früher in der Schule auch gemobbt worden, wegen dieser Blöd…ähm, ich meine, wegen der minderen Intelligenz. Deshalb hilft er mir – und vielleicht helf ich ihm auch mal." Felix streckte ein Bein aus, um das Mikrophon in der Hosentasche nicht abzuklemmen. „An wem rächst du dich jetzt genau? An dem Fuhrparkmann und an der Katrin, also die von der Rezeption?"

„Nee, nicht an der Katrin, obwohl das vielleicht auch keine schlechte Idee wäre. Vielleicht sollte ich mir da auch noch was einfallen lassen." Marion lachte glucksend. „Nee, ich geb Leuten von früher, was sie verdienen. Dem blöden Kfz-Fuzzi aus meinem Dorf und Leuten aus meiner Klasse."

„Woher kommst du denn? Aus welchem Dorf?"

„Ich bin aus Glattfelden. Das ist in der Nähe von Augsburg."

Felix verschluckte sich fast, schaffte es jedoch, seine Haltung zu bewahren.

„Und der Kfz-Mann kommt aus Glattfelden? Wie heißt der eigentlich?"

Sie starrte lange auf den Boden, ohne zu antworten.

Inzwischen war das Fleisch fertig gegrillt und die Männer kamen mit Papptellern, auf dem die rotbraunen Steaks lagen, zu Marion und Felix zurück.

„Essen ist fertig." Marion machte die Stimme einer Mutter nach, die ihre Kinder zum Tisch rief. Felix entfuhr ein leises „Mist", er war so nah dran gewesen. „Was?", fragte sie.

„Sieht lecker aus, hab ich gesagt", log er. Tobias setzte sich zwischen ihn und Marion. „Über was habt ihr geredet?", fragte er ohne Überleitung.

„Ach, ich hab 'n bisschen was aus meinem Leben erzählt", sagte Marion. „Über den Alkohol und über das Mobbing und so. Du bist auch gemobbt worden, oder?"

„Ja, die ganze Zeit. Ich war nämlich früher 'n dickes Kind. Dicke werden immer gehänselt. Außerdem bin ich in der Grundschule zweimal durchgefallen."

Felix riss es. „Du warst dick?"

„Ja." Tobias nickte. „Echt übergewichtig. Aber mit viel Disziplin kann man viel erreichen."

„Disziplin, da lach ick doch", schnappte Ernst. „Jetzt bist du magersüchtig."

„Schlank", beharrte Tobias.

„Nee, magersüchtig und sonst auch noch süchtig, nach Alk und Kokain", warf Theo ein.

„Ich bin nicht süchtig. Ich kann jederzeit mit allem aufhören." Das dachten viele, ein typischer Fall von Verleugnung. Felix schüttelte bei diesem Gedanken leicht den Kopf.

„Glaubste nicht?", fuhr ihn Tobias an.

„Doch, doch. Wie war`n das mit dem Mobbing, bei Marion und bei dir?", fragte Felix in der Hoffnung, beide zum Reden zu bringen. „Warst du auch dick, Marion?"

„Nee, aber der doofe Nachbar, dieser widerliche Autodepp, hat gedacht, er müsste mir ständig sagen, dass ich hässlich bin – und `ne Ausländerin, obwohl ich halb Deutsch bin. Die is`eine so greisliche Kanakin, das hat er immer gesagt. Deshalb hat sich ein wahnsinniger Hass zwischen uns gebildet. Ich hab zu ihm dann gesagt, er ist eine Drecksau."

„Du meinst, der spätere Fuhrpark-Kollege", vergewisserte sich Felix. Marion nickte.

„Du bist doch gar nicht greislich", warf Achim ein.

„Jetzt nicht, aber vielleicht war's sie`s früher. So heißt's doch: Greisliche Gassenkinder, schöne Leut", sagte Theo.

„Tobias is ja jetzt auch nich mehr dick", grinste Ernst und nagte an seinem Steakknochen.

„Einmal hat er die Reifen an den Fahrrädern von uns Mädchen gelockert, wie wir in den Nachbarort zum Café gefahren sind", fuhr Marion fort. „Unsere Räder waren ums Eck abgestellt und daher haben wir nicht gemerkt, dass irgendwas da dran gemacht worden ist. Auf dem Heimweg bin ich hingefallen, weil sich der Reifen gelöst hat, und ich hab mir einige Prellungen und Schürfwunden zugezogen. An dem Tag hab ich mir Rache geschworen." Sie ließ den Kopf nach hinten fallen und murmelte kaum hörbar: „Ich hätte den schon viel eher kaltmachen sollen."

Der Nachbar in Glattfelden. Felix musste Marion dazu bringen, seinen Namen zu sagen. Wie stellte er das nur an? In Millisekunden ratterten unzählige Gedanken durch seinen Kopf.

„Also, die Katrin war die Neue an der Rezeption, und Herbert war dein Jugendfeind, den du dann zufällig in der Firma wieder getroffen hast?", fragte Felix. Er hoffte, dass

eine leichte Abwandlung des Namens nicht zu auffällig
klang, denn sie hatte ihn vorhin noch nicht erwähnt
„Nein, nicht Herbert, Hermann", erwiderte Marion unge-
duldig.
„Mensch, Marion, laber nich so viel", sagte Ernst schroff.
„Wieso? Der Felix kennt den doch gar nicht", wehrte sich
Marion.

An diesem Punkt hatte Fumi genug gelauscht. Sie vergewisserte sich, dass ihre Stimme nicht zu Felix' Gerät über-
tragen werden konnte und rief den für den Fall Hermann
Schepers zuständigen Kriminalbeamten an, um das abge-
hörte Gespräch zu schildern. Dieser gab sich zögerlich.
„Sind Sie sich sicher, dass es sich um Verdächtige handelt?
Nur weil die Frau von einem Hermann in Glattfelden gemobbt worden ist, muss sie nicht gleich die Garage in Brand
setzen."
„Aber ein Mann von dieser Gruppe sieht aus wie derjenige,
der das Auto gefahren hat, das Herr Schepers reparieren
sollte, ich meine, zu dem Zeitpunkt, als es angefangen hat
zu brennen."
„Hm … okay, heute ist nicht so viel los. Dann schick ich einen Streifenwagen dorthin. Wo sind Sie?"
„Am Feldmochinger See, an den Grillplätzen."
„Ach da. Ich weiß nicht, ob wir in dem Fall was ausrichten
können, aber irgendwelche Dealer hängen da immer rum.
Da mal zu kontrollieren, lohnt sich immer."
Fumi bedankte sich und sah zu Simon, der in ein Handy-
spiel vertieft schien. „Die Polizei kommt und kontrolliert
die Gruppe. Es sieht ganz so aus, als hätten wir die Täter."
Simon sah auf. „So? Super, dann muss ich für mein Geld ja
nicht viel tun", grinste er.
„Hoffen wir's." Sie versuchte wieder, sich in das Gespräch
von Felix und Marion einzuklinken.

„Rauchst du viel Gras?", fragte Ernst gerade, der sichtlich bemüht schien, das Gespräch in eine andere Richtung zu lenken.

„Ja, schon … ein paar Mal die Woche", log Felix. „Habt ihr eigentlich gute Dealer? Die Lisa von den Baumtrimmern hat mir gesagt, dass sie auch hin und wieder mal was raucht."

„Klar. Wir kennen einen, der's in seiner Wohnung anbaut. Echt guter Stoff", sagte Theo.

„Da bei den Baumtrimmern is was ganz Komisches vorgefallen, hat mir die Lisa erzählt. Einer von den Kollegen hat unter der Arbeit gedealt, mit Cannabis, und dann ist er gestorben, einfach umgefallen", preschte Felix vor.

„Aber doch nicht von 'ner Überdosis Gras?", vergewisserte sich Achim mit einem verächtlichen Lachen.

„Bei der Obduktion hat man Tollkirsche in seinem Blut gefunden." Felix sah, wie Marion plötzlich ruckartig aufstand, sich die wohl taub gewordenen Oberschenkel abklopfte, um sich dann von der Gruppe zu entfernen. Tobias legte den leeren Pappteller neben sich auf den Boden, erhob sich und folgte ihr. Die beiden wollten doch jetzt nicht fliehen?

„Is ja krass. Vielleicht hat er ja versucht, sich mit der Tollkirsche high zu machen", sagte Theo, ohne sich um den Weggang der beiden zu kümmern. „Ein Freund von mir hat das mal probiert. Er hatte ziemlich irre Halluzinationen."

Ernst sah Marion und Tobias nach, die am Ufer entlang gingen, dann wandte er sich wieder den Anwesenden zu. „Warum nicht? Im Wald Tollkirschen zu pflücken, ist wenigstens nicht strafbar."

„Apropos strafbar. Da kommen unsere Freunde." Achim machte eine Kopfbewegung in Richtung der Bäume. Eine Polizeibeamtin kam auf sie zu. Neben ihr sah Felix Fumi laufen. Hatte sie die Polizei gerufen? Verdammt, jetzt, wo Tobias und Marion nicht hier waren.

150

„Dürfen wir bitte Ihren Ausweis sehen?", fragte die Polizistin, als sie und Fumi bei ihnen angekommen waren. Eine absolute Stille hatte sich mit einem Mal bei den Freunden ausgebreitet, die der Aufforderung sofort Folge leisteten. Felix versuchte, Fumi Signale mit den Augen zu geben. Die zwei sind gerade nicht da, morste er. Sie schien zu kapieren und suchte das Ufer mit den Augen ab. Mit einem dezenten Kopfnicken gab er ihr zu verstehen, dass die beiden nach links gegangen waren. Fumi zog die Polizeibeamtin zu sich her und flüsterte ihr etwas ins Ohr, was von Ernst aufmerksam beobachtet wurde. Die beiden Frauen gingen in die Richtung, wohin Marion und Tobias verschwunden waren. Darauf sprang Felix auf und sagte: „Tschuldigung, ich muss echt mal für kleine Jungs." Schnellen Schrittes ging er den beiden Frauen hinterher. Als er sich sicher war, dass er von den Männern der Clique nicht gesehen werden konnte, sprintete er los, um Fumi und die Beamtin einzuholen. „Diese Marion und der Tobias sind plötzlich aufgestanden und verschwunden", sagte er atemlos, als er bei ihnen ankam. „Sie sind in diese Richtung. Vielleicht erwischen wir sie noch, schnell." Alle drei rannten los, jedoch war von den Vermissten weit und breit nichts zu sehen. „Wenn ihr nur eher gekommen wärt", sagte Felix und boxte sich mit der Faust auf den Oberschenkel, nachdem sie stehengeblieben waren, weil ihnen der Atem ausgegangen war.
„Wir hätten wohl sowieso nichts tun können", japste die Polizistin. „Wir haben keine rechtliche Handhabe, sie zu verhaften."
„Aber Sie könnten sie befragen", sagte Fumi.
„Das könnten wir schon, aber da muss schon ein triftiger Grund vorliegen. Sonst ist es Zeitverschwendung. Wir haben ja auch noch anderes zu tun", sagte die Hüterin des Gesetzes, deren Lungenfunktion sich als erste beruhigt hatte, mit gereiztem Gesichtsausdruck.

„Dafür gibt es ja Leute wie uns, weil Sie so überlastet sind“,
sagte Fumi. Felix konnte nicht erkennen, ob aus diesem Satz
Freundlichkeit oder Ärger sprach. Da klingelte Fumis
Smartphone. „Privatdetektei Geiger – hm, mhm.“ Sie nickte
mehrmals. Während sie auf den Auflegeknopf drückte, erklärte sie: „Ihr Kollege hat sich die Kassette bis zur Erwäh-
nung des Namens Herrman im Zusammenhang mit Glattfelden angehört. Er meint, das würde für einen Haftbefehl
reichen.“ Die Polizistin nickte: „Gut, dann wäre das ja ge-
klärt.“ Zu Felix gewandt sagte Fumi: „Felix, geh wieder zurück zu den Leuten, damit sie nicht misstrauisch werden.
So kann Simon die anderen Männer weiter abhören.“

Als Felix erneut bei diesen eintraf, sagte Theo: „Hast du
dir einen gewixt, oder was? Du warst echt lange weg.“
„Es war number two, das dauert bei mir immer länger.“
„Was?“
„Number two heißt kacken“, erläuterte Ernst.
„Ach so. Aber die Klos sind doch da rechts.“
„Das hab ich nicht gewusst. Deswegen bin ich erst nach
links und dann zurück zu den Toiletten“, sagte Felix. Ernst
runzelte die Stirn.
„Wo ist eigentlich Marion?“ Felix versuchte sich wieder in
seine Rolle als Marions Flirt hineinzuversetzen. „Sie kommt
doch hoffentlich wieder.“
„Keine Ahnung. Ich ruf sie mal an.“ Ernst holte ein Sams-
ung-Handy älteren Modells aus seiner Hosentasche, tippte
darauf herum und hielt es sich ans Ohr. Ein paar Sekunden
passierte nichts. „Wo seid ihr?“, fragte er schließlich. „Ihr
seid im Biergarten?“ Er hörte sich eine Weile stumm an, was
am anderen Ende gesagt wurde. Dann steckte er das Smartphone wieder in die Tasche. „Die sitzen im Biergarten, weil
Marion auf einmal einen ihrer Anfälle bekommen hat. Die
is manchmal komisch. Da geht's ihr gut und plötzlich kehrt

sich ihre Stimmung um 180 Grad."

Felix fühlte einen erneuten Adrenalinrausch. „Ich hab ganz vergessen, dass ich ʼnem Freund ʼne Nachricht wegen Konzertkarten schicken soll." Er schrieb eine SMS an Fumi, vorsichtig darauf bedacht, dass die anderen sein Display nicht sehen konnten: „Zielpersonen hier im Biergarten" Würde Fumi die beiden erkennen? Sie würde auf jeden Fall die Tätowierung der nackten Frau auf Tobias' Arm zuordnen können.

„So? Und was is des für ein Konzert?"

„Ähm … Guns ʼn Roses. Die kommen Ende Oktober in die Olympiahalle."

„Und das fällt dir jetzt ein." Ernst schien definitiv etwas zu wittern.

„Sonst bekommen wir keine Karten mehr", sagte Felix kleinlaut. Er hätte sich eine bessere Lüge einfallen lassen sollen. „Ich geh mal und schau nach Marion. Vielleicht kann ich sie ja wieder aufheitern." Felix stand unbeholfen auf, während er „Oh, ich werd alt, mein Rücken" stöhnte, - in Wirklichkeit hatte er noch Seitenstechen von dem kürzlich getätigten Sprint. „Wo ist der Biergarten nochmal?"

„Det musste jetzt schon selbst rauskriegen – so neujierig wie du bist". Wenn Ernst ärgerlich war, schien sein Berliner Akzent stärker zu werden.

„Da vorne." Theo zeigte mit dem Zeigefinger vor sich.

„Danke." Felix war froh, sich von Ernst entfernen zu können. „Der is nich janz sauber", hörte er ihn zu Theo und Achim sagen, nachdem er sich ein paar Meter von ihnen entfernt hatte.

Als Felix im Biergarten ankam, sah er zwei Uniformierte mit Fumi bei Tobias und Marion stehen, eine davon war die Polizistin von vorhin. Er zögerte, entschied sich dann aber seine Tarnung noch nicht aufzugeben und stellte sich in die

Schlange der Essensausgabe. Aus den Augenwinkeln verfolgte er die Szene der vier Personen. Er sah, wie zuerst Marion ihren Personalausweis vorzeigte, dann Tobias den seinen. Aus Marions Gesicht war alle Farbe gewichen. Darauf erhoben sich die beiden und folgten den Beamten. „Was passiert? Ich bin hier in der Nähe von der Kasse", simste Felix an Fumi. Diese sah auf ihr Handy und machte dann eine nickende Kopfbewegung, was er als Aufforderung betrachtete, zu ihr zu gehen. Sie jedoch machte ein Stoppsignal mit der Hand, als er die Menschenschlange verließ und kam stattdessen auf ihn zu. Während sie ging, tippte sie: „Weiß nicht, ob Marion dich noch sehen kann. Besser, wenn wir so tun, als ob wir uns nicht kennen. Komm später zu meinem Volvo." Ohne aufzusehen, ging sie an ihm vorüber. In unauffälliger Entfernung folgte er ihr zum grünen Wagen. „Die haben die echt mitgenommen?", fragte er ungläubig ein paar Minuten später, während er sich schwer auf den Beifahrersitz fallen ließ

„Sie haben einer Vernehmung zugestimmt. Verhaftet sind sie noch nicht. Aber nachdem der Beamte das Gespräch zwischen dir und der Marion gehört hat – während wir Frauen zu euch gegangen sind, hat er es sich mit Simons Gerät angehört - – , ja …, das scheint ihn überzeugt zu haben, die beiden mitzunehmen. Als dann deine SMS gekommen ist, sind wir sofort zum Biergarten gegangen."

„Ich hab mir Sorgen gemacht, dass du die beiden nicht erkennst", sagte Felix.

„Die Marion hab ich tatsächlich noch nie gesehen, doch du hast sie mir ja beschrieben. Die ist ganz klar eine Halbjapanerin. Und der Typ, dieser Tobias, ist ja auffällig, so dünn und die nackte Frau auf'm Arm."

„Gott sei Dank. Jetzt hoff ich nur, dass aus dem Verhör auch was rauskommt."

„Wenn sie nicht gestehen, brauchen wir weitere Indizien.

154

Jetzt jedoch machen wir erst mal Feierabend." Fumi sah auf, als Simon ans Fensterglas klopfte. „Kann ich jetzt gehen?", fragte er, nachdem sie das Fenster runtergelassen hatte.

„Klar. Der Einsatz hier ist beendet."

„Hast du das Geld in bar oder überweist du es?"

„Ich überweis es dir lieber. Sonst glauben die Leute hier noch, wir sind Dealer", grinste sie.

„Okay. Dann bis zum nächsten Mal."

„Vielen Dank. Ich meld mich wieder, wenn wir dich brauchen sollten."

„Wenn die Einsätze immer so easy sind, wie der hier, doch immer gerne. Tschüss", sagte Simon schlitzohrig, drehte sich um und ging.

Kapitel 18

Als Marion mit Tobias am Polizeirevier ankam, schien es ihr, als ob sich der Boden unter ihr drehe, was wohl nur zum Teil vom Alkohol kam. Wie hatten die es nur rausgefunden? Wahrscheinlich war es ein Riesenfehler gewesen, sich mit Tobias einzulassen. Sie hätte alles selbst machen sollen. Getrennt wurden sie in verschiedene Vernehmungszimmer geführt.

Zuerst saß Marion alleine in dem kargen Raum mit dem Riesenspiegel. War das der Spiegel, wohinter sich Polizeibeamten verbargen, um sie zu beobachten?

„Guten Tag. Ich bin Kommissarin Anker." Die gerade eingetretene Ermittlerin hielt ihr die Hand hin. Marion ergriff sie und murmelte einen unverständlichen Gruß. „Möchten Sie etwas trinken? Kaffee oder Wasser?", fragte die Frau freundlich.

„Kaffee", sagte Marion. Vielleicht würde Koffein ihren Geist klarer werden lassen. Während Frau Anker nach draußen ging, um das Getränk zu holen, versuchte Marion sich zu sammeln. Sie würde nichts gestehen, wenn nötig würde sie schweigen wie ein Grab. Ohne Anwalt würde sie nichts, aber auch gar nichts rauslassen. Wie war das eigentlich mit dem Rechtsbeistand? Müsste sie den bezahlen? Nein, in einem Rechtsstaat bekam man auf alle Fälle einen Pflichtverteidiger, oder?

„Hier ist der Kaffee. Brauchen Sie Milch und Zucker?", fragte Frau Anker und stellte ein Tablett mit voller Kaffeetasse, einem Milchkännchen und einer Zuckerdose auf den Tisch.

„Nur Milch …", begann sie zögerlich, nein, sie müsste sicherer, selbstbewusster klingen. „Nur Milch bitte", sagte sie laut und vernehmlich, während sie sich aufrichtete.

„Bedienen Sie sich", sagte die Polizistin und zeigte auf das Tablett. Eine Weile hörte man nur Marions klimperndes Rühren in der Kaffeetasse.

„So, warum Sie hier sind." Frau Anker schlug die Beine übereinander. „Wir würden Sie gerne als Zeugin in einem Mordfall und in einem versuchten Mord befragen." Nur Zeugin … Aber wieso versuchter Mord? War Hermann noch am Leben? „Mmh", nickte Marion.

„Dazu muss ich Ihnen mitteilen, dass es Ihnen nach dem Gesetz freisteht, sich zu äußern oder nichts in der Sache auszusagen, das heißt, Sie haben das Recht zu schweigen. Also, am 17. Mai gegen elf Uhr wurde ein Mann namens Torben Bachmann im Schleißheimer Schlosspark tot aufgefunden. Hatten Sie zu dem Verstorbenen irgendeine Beziehung?"

„Nein, ich kenne keinen Torben Bachmann."

„Sie haben auch nicht mit ihm gedealt oder so etwas ähnliches?"

„Nee." Marion schüttelte den Kopf.

„Außerdem ist am sechsten Juli ein Mann in Glattfelden in seiner Garage von einem Feuer schwer verletzt worden. Er

156

konnte gerettet werden, wurde in ein künstliches Koma versetzt und scheint mehr oder weniger außer Lebensgefahr zu sein. Er braucht aber Hauttransplantationen." Mist, es hatte nicht geklappt. „Was heißt Hauttransplantationen?"

„Große Teile der Haut sind verbrannt, deswegen." Das hieß wohl, Hermann war jetzt unansehnlich, greislich, greislich … das war noch besser als tot. Marion biss sich auf die Lippen, um zu verhindern, dass sich ein schadenfrohes Lächeln auf ihrem Gesicht zeigte.

„Kennen Sie den Ort Glattfelden?" Lügen oder nicht? Nein, lügen nützte nichts. Auf ihrer Geburtsurkunde stand die Anschrift ihrer Eltern.

„Dort bin ich aufgewachsen."

„Welche Adresse genau?"

„Hauptstraße 25."

„Ist das nicht ganz in der Nähe vom Tatort?"

Marion nickte.

„Und ihre Eltern haben Ihnen nichts von dem Vorfall erzählt?"

„Ich hab nur noch 'ne Mutter. Mein Vater hat uns verlassen, als ich fünf war. Der is in die Philippinen ausgewandert und ich hab' keine Ahnung, wo er jetzt ist. Und zu meiner Mutter hab ich gerade keinen Kontakt mehr."

„Seit wann ist der Kontakt abgerissen?"

„So ungefähr seit April."

„Gibt es dafür einen Grund?"

„Ich hatte 'nen Alkoholrückfall. Und ich hatte keinen Bock auf die ganze Scheiße, das Rumgeschimpfe, vielleicht wieder Entzug …"

„Seit wann haben Sie Probleme mit Alkohol und Drogen?"

„Nur mit Alkohol, Drogen mag ich nicht so, außer vielleicht mal 'n bisschen Gras." Marion seufzte. „Also, meinen Rückfall hatte ich so Ende März, Anfang April." Marion wiederholte die Geschichte ihres Alkoholproblems, welche sie schon Felix erzählt hatte, ließ jedoch die Sache mit dem Mobbing aus.

„Und Sie kannten früher Hermann Schepers?", vergewisserte sich Frau Anker.

„Ja, er war einer der Dorfjugend, aber viel weiß ich nicht über ihn."

„Sie waren nicht mit ihm befreundet?" Befreundet? Kurz schwebte ihr das Bild eines freundlichen Hermanns vor Augen, der ihr wohlwollend gegenüber stand – und den es nie gegeben hatte. „Nein, ich war nicht mit ihm befreundet", sagte sie kopfschüttelnd.

„Mochten Sie ihn?"

„Nee, mir war er ziemlich egal."

„Egal, soso. Wie egal?"

„Na, wie einer, von dem man zwar weiß, dass es ihn gibt, aber mit dem man sonst nichts zu tun hat."

„Kommen wir zu dem Begriff Hühnchenrupfen. Was meinen Sie damit?"

Marion blinzelte irritiert. „Äh …, ich verstehe nicht."

„Vorher am See haben Sie sich mit einem Mann unterhalten. Da ist öfter das Wort Hühnchenrupfen gefallen." Felix?! Wer war der Kerl?

„Dieses Wort ist auch im Zusammenhang mit dem Namen Hermann Schepers gefallen."

Marions Ohren surrten, ihr war, als ob alles vor ihren Augen verschwamm. Frau Anker legte ein graues Etwas auf den Tisch, das wie ein klitzekleiner Kassettenrekorder aussah, und drückte auf den Wiedergabeknopf.

„Warst du auch dick, Marion?", hörte man Felix sagen.

„Nee, aber der Nachbar hat gedacht, er müsste mir ständig sagen, dass ich hässlich bin. Die ist so greislich, das hat er immer gesagt. Deshalb hat sich ein wahnsinniger Hass zwischen uns gebildet. Ich hab zu ihm dann gesagt, er ist eine Drecksau." Das war ihre Stimme.

Die Polizistin stoppte die Wiedergabe und sah sie ernst an. „Wahnsinniger Hass … Das hört sich nicht so an, als ob er ihnen egal wäre." Sie beugte sich vor und legte eine Hand auf Marions Oberschenkel. „Wie stehen Sie wirklich zu Hermann Schepers?" Mann, warum hatte sie so ein loses Mundwerk? Und sie hatte sich schon eine Zukunft mit Felix ausgemalt, hatte sich vorgestellt, wie sie ihm alles erzählen könnte, und sie beide für immer dieses Geheimnis verband. „Ist Felix von der Polizei?", fragte sie.

„Felix Rautenberg gehört zu einer Privatdetektei. Die Frau von Hermann Schepers hat die Detektive engagiert, weil sie von der Augsburger Polizei verdächtigt wurde, dass sie ihren Mann durch einen Brand loswerden wollte."

„Dann brauch ich jetzt wohl einen Anwalt." Marion ließ die Schultern hängen und knetete die Hände in ihrem Schoß.

„Sie können sich entscheiden, von ihrem Recht zu schweigen, Gebrauch zu machen, aber Sie können sich auch erwachsen verhalten und Verantwortung für ihr Leben übernehmen."

Inzwischen saß Tobias einem Polizeibeamten gegenüber. Auch er hatte eine Kaffeetasse vor sich, auch sein Raum hatte einen großen Spiegel, es gab jedoch einen großen Unterschied. Ihm wurde nicht verschwiegen, dass er als Tatverdächtiger in zwei Kriminalfällen galt. Genauso wurde ihm kurz erklärt, dass er das Recht zu schweigen hätte.

„Wo waren Sie am siebzehnten Mai gegen elf Uhr?" Der Ermittler saß dicht vor ihm.

„Am siebzehnten Mai, oh je, das weiß ich jetzt nicht mehr. Welcher Tag war das?" Tobias schwang seinen Oberkörper hin und her, während er die Finger der einen Hand gegen die der anderen Hand rieb.

„Das war ein Mittwoch."

„An Mittwochen sitze ich normalerweise mit der Clique an

unserem Platz."

„An welchem Platz?"

„Am Esther-Degen-Platz."

„Sind Sie sich da ganz sicher?"

„Ja, ganz sicher."

„Und wo waren Sie am sechsten Juli so um vierzehn Uhr?"

„Wahrscheinlich auch an unserem Platz. Ich bin arbeitslos und hab nicht so viel zu tun." Er kratzte sich am Kopf und strich dann über seinen rasierten Schädel.

„Sie sind nicht mit einem Toyota nach Glattfelden gefahren, um den Wagen reparieren zu lassen?"

„Nein." Tobias verschränkte die Arme.

„Am siebzehnten Mai ist ein Gärtner im Schleißheimer Schlosspark mit Tollkirschen vergiftet worden. Und am sechsten Juli ist ein Kfz-Mechaniker in einer Garage durch einen Brand schwer verletzt worden." Der Polizeibeamte tippte rhythmisch mit dem Kugelschreiber auf den Block. „In beiden Fällen wurde ein sehr schlanker Mann mit einer Tätowierung einer nackten Frau auf dem rechten Arm gesehen. Die Beschreibung passt genau auf Sie."

„Ich war da nicht. Fragen Sie die Leute von der Clique." Tobias beugte sich vor, stützte seine Ellbogen auf den Knien auf und faltete die Hände wie zum Gebet.

„Gibt es noch andere Zeugen für Ihr Alibi, die nicht zu Ihrer Clique gehören? Schließlich könnten Sie sich mit diesen abgesprochen haben. So was wie einen Termin in der Arbeitsagentur oder einen Arzttermin?"

„Nein, ich hatte keine Termine, aber ich hab nichts getan, ich sag's Ihnen doch."

Währenddessen saß Marion allein in dem kleinen, karg ausgestatteten Raum, weil die Ermittlerin angeblich etwas holen musste. Wie kam sie hier nur heraus? Wenn Tobias einbrach, war es vorbei. Sollte sie ihm alles anhängen?

Könnte sie sich dann noch im Spiegel in die Augen sehen? Jedoch war Tobias so ein Loser, drogensüchtig, alkoholkrank, geistig minderbegabt … vielleicht sollte sie ihn opfern. Er würde nie ein wertvolles Mitglied der Gesellschaft werden. Kurz erinnerte sie sich an den neunten der zwölf Schritte der Anonymen Alkoholiker, in dem man Wiedergutmachung für frühere Verfehlungen leisten sollte. Als sie damals der Gruppe beigetreten war, hatte sie nicht viel in Bezug auf diesen Schritt getan, nur ihrer Mutter einen Brief geschrieben, in dem sie um Vergebung darum bat, dass sie ihr durch ihre Sucht Probleme bereitet hatte – und sie hatte sich geschworen, ein moralisch einwandfreies Leben zu führen. Doch das war spätestens seit Torbens Ermordung sowieso vorbei. Dann könnte sie jetzt auch als kriminelle Lügnerin weitermachen. Wie sollte sie nun lügen? Welches Motiv könnte man Tobias in die Schuhe schieben? Bei Torben war es einfach – es gab Knatsch beim Dealen, sowas wie: Torben hatte nicht für die Drogen gezahlt und das hatte Tobias wütend gemacht. Aber bei Hermann, schnell, schnell … Ideen, sie brauchte Ideen. Außerdem musste sie sich erinnern, was sie Felix erzählt hatte. Was hatte sie gesagt? Hühnchenrupfen, das Wort kannte die Polizei jetzt, sie hatte irgendwas gesagt wie ‚wenn alles vorbei ist‘. Was noch? Oh Mann, scheiß Alkohol, der vernebelte ihr Hirn, der war an der gesamten Misere ihres Lebens schuld. Oder das Mobbing – nein, es war das Mobbing, sie wäre nie alkoholkrank geworden ohne diese Arschlöcher. Diese Drecksäue hatten ihr Leben versaut. Vielleicht würde es die Beamtin verstehen? Vielleicht würde sie, Marion, nur eine Geldstrafe bekommen – die Gesellschaft musste doch verstehen, dass man so eine Ungerechtigkeit nicht auf sich sitzen lassen konnte. Oder doch schweigen und alles einem Anwalt überlassen? Aber was würde sie dem erzählen? Die

Ermittlerin kam ins Zimmer und riss sie aus ihren Gedanken.

„So, gibt es jetzt etwas, was Sie mir sagen möchten?" Sie hatte sich gegenüber Marion auf einem Stuhl postiert und sah sie erwartungsvoll an. Marion schwieg, weil sie sich nicht entscheiden konnte, welcher Alternative in ihrem Kopf sie den Vorzug geben sollte. Die uniformierte Frau legte ihr eine Hand auf den Arm. „Ich kann verstehen, dass Sie Hermann Schepers nicht mögen. Es scheint, dass er in Ihrer Jugend sehr gehässig zu Ihnen war."

„Woher wissen Sie das?"

„Von der Aufnahme, die uns Herr Felix Rautenberg hinterlassen hat." Dieser widerliche Scheiß-Verräter! „Ich kann verstehen, dass Sie das wütend gemacht hat. Ich bin auch eine Frau, ich mag das auch nicht, wenn man mich hässlich nennt. Und als Ausländerin oder halbe Japanerin diskriminiert zu werden, ist auch nicht schön. Haben Sie deshalb mit dem Trinken angefangen?"

Marion nickte. Sie biss sich auf die Lippen, konnte jedoch ihre Tränen nicht aufhalten. „Ich hab die Schule deswegen geschmissen, das heißt, ich hab deswegen kein Abitur gemacht, hab nur den Hauptschulabschluss." Sie schniefte. „Mit 16 hab ich meinen ersten Entzug machen müssen. Ich hab den Schmerz einfach nicht ausgehalten. Also hab ich gesoffen."

„Welchen Schmerz? Den Schmerz, ausgegrenzt zu werden?"

„Ja, den Schmerz, als hässlich zu gelten, weil ich halb asiatisch aussehe, nicht blond und blauäugig wie eine Barbie-Puppe, was ja hierzulande das Ideal ist, und dass ich deswegen vielleicht nie einen Partner finde."

„Die Angst, allein bleiben zu müssen, obwohl man gerne einen Partner und eine Familie hätte, kann ich als Angehörige Ihres Geschlechts sehr gut nachzuvollziehen", sagte

Frau Anker nickend.

Die Polizistin schien auf ihrer Seite zu sein. Würde sie in dem Maße Empathie für sie fühlen, dass sie ein gutes Wort bei den Richtern einlegen würde? Nein, das war nicht sicher. Es gab einen besseren Ausweg. Marion hob den Kopf: „Der Tobias ist so 'n richtig kranker Mensch. Der wollte einfach mal wissen, wie es ist, einen Menschen umzubringen. Und dann haben wir so gequatscht und ich meinte, wenn er einen umlegt, sollte es schon einer sein, der es verdient. Da hab ich ihm von den beiden erzählt, also von dem Hermann und dem Torben. Wenn ich jemanden töten würde, dann die beiden. Und er, also der Tobias, ist auch früher gemobbt worden. Dann hat er sich so 'n richtigen Mordplan zurechtgelegt, zuerst killt er die, die ich am wenigsten leiden kann, dann die, die er nicht abhaben kann."

„Es wurden also noch mehr Morde verübt?"

„Ich weiß nicht, ob er es schon gemacht hat, aber er hat es auf alle Fälle geplant. Also, ich wollte damit nichts zu tun haben. Für mich waren das nur Hirngespinste. Macht ja mal Spaß, sich vorzustellen, sich an seinen Feinden zu rächen. Aber wirklich tun, nee, ganz sicher nicht." Während Marion sprach, hielt sie mit beiden Händen die Kaffeetasse umklammert.

„Sie können bestätigen, dass er auch Torben Bachmann vergiftet hat?"

„Ja, das war er. Tobias ist brutal. Der hat sich in mich verknallt – so greislich bin ich wohl doch nicht -, und jetzt setzt er mich unter Druck. Ich seh ihn eher so als Freund, aber er ist total besessen von mir. Der hat mir schon gedroht, dass er mich auch abmurkst, wenn ich ihn verlasse. Könnten Sie mir helfen, ein Kontaktverbot für ihn zu bekommen?"

Frau Anker wechselte ihre Sitzposition, indem sie ihr Bein vom anderen nahm und sich aufrecht hinsetzte. „Das könnten wir veranlassen, wenn wir einen Grund dafür sehen.

Was mich jedoch verwirrt, ist, dass Sie Wörter wie ‚Hühnchenrupfen' gebrauchen. Das sieht für mich nicht so aus, als ob Sie damit nichts zu tun haben wollten."

„Ich hab halt Hühnchenrupfen gesagt, weil Tobias das macht. Das ist … ähm, das ist eigentlich das Hühnchenrupfen von Tobias, nicht von mir."

Im anderen Raum wurde Tobias von zwei Beamten bearbeitet. „Ich sag's Ihnen doch, ich hab nix gemacht."

„Könnten Sie bitte den Mund aufmachen? Wir würden gerne einen DNA-Abstrich von Ihnen nehmen." Der eine Beamte, der sich als Herr Schneider vorgestellt hatte, stand vor ihm, eine Art Wattestäbchen in der Hand.

„Wenn's sein muss", seufzte Tobias. Herr Schneider steckte ihm das weiße Ding in den Mund und rieb leicht an seiner inneren Wange. „Das Ergebnis wird morgen vorliegen."

„Kann ich dann endlich gehen?", fragte Tobias.

„Sie müssen noch eine Weile warten. Tut mir leid.", antwortete Herr Schneider. Beide Polizisten verließen den Raum. Allein gelassen, legte Tobias den Kopf auf beide Arme, die unter ihm ein kreisförmiges Kissen bildeten. Draußen hörte er Stimmen, eine männliche und eine weibliche. Kurz darauf kam Herr Schneider wieder herein und setzte sich sehr nah ihm gegenüber. Tobias richtete sich auf und verschränkte die Arme.

„Herr Winter, Frau Marion Decker hat sie gerade schwer belastet. Sie meinte, dass Sie wissen wollten, wie es ist, einen Menschen umzubringen. Darum haben Sie angeboten, Frau Deckers Mobber, also die Männer, die sie früher in ihrer Jugend gehänselt haben – und vielleicht auch noch heute mobben, zu ermorden."

Aus Tobias' Gesicht war alle Farbe gewichen. „Mensch, Marion." Er drehte sich zur Wand, schniefte und rieb sich über die Augen. Als er sich nach ein paar Sekunden wieder

Herrn Schneider zuwandte, sagte er: „Ich hab's nur getan, weil sie es wollte. Sie hat mich dazu gedrängt."

„Wie dazu gedrängt?"

„Sie hat mir was versprochen im Bett, Sie wissen schon was. Und mir viel Geld in Aussicht gestellt. Ihre Familie hat Kohle, ich meine, zumindest das Haus in Glattfelden und sie hat mir zugesichert, dass sie es verkauft und mir die Hälfte davon gibt."

„Sie geben also zu, dass Sie Herrn Torben Bachmann vergiftet haben und einen Brandanschlag auf Herrn Hermann Schepers verübt haben?"

„Ja, aber Marion hat mich beauftragt."

„Sie waren sozusagen ihr Auftragsmörder?"

„Ich hätte das nie getan, wenn sie mir nicht ständig damit in den Ohren gelegen wäre. Komm, mach des, mach des, hat sie immer gesagt. Ich wollte eigentlich gar nicht."

„Sie wollten also nicht wissen, wie es ist, wenn man einen Menschen ermordet?"

„Nein, echt nicht. Ich hab ihr nur einen Gefallen getan." Tobias hob flehentlich die Hände in Richtung Zimmerdecke.

„Was war Frau Deckers Motiv?"

„Ja, wie ich schon gesagt hab, sie wollte sich an den Leuten rächen, die ihr Leben kaputt gemacht haben. Wegen denen hängt sie an der Flasche, sagt sie."

„Warum ist sie wegen diesen beiden Personen alkoholkrank geworden?" Herr Schneider legte eine Hand auf Tobias' Oberschenkel, was diesen zurückzucken ließ.

„Die haben sie halt gemobbt, der eine hat gesagt, sie ist greislich, und das nicht nur früher, sondern jetzt vor ein paar Wochen wieder. Da hat sie ihn bei der Arbeit getroffen und der Arsch hat sie genauso auf dem Kicker gehabt wie vorher. Absolut die gleiche Scheiße – dass sie 'ne hässliche Krähe ist, und noch ne Kanakenkrähe dazu. Deswegen hat sie wieder angefangen zu saufen. Dass man da Mordgelüste bekommt, ist doch verständlich."

„Und was war mit Herrn Bachmann?", drängte Herr Schneider weiter. „Hat sie den auch erneut bei ihr in der Firma getroffen?" „Nee, ich glaub, der war halt der, der sie in der Schule gemobbt hat. Der hat sie Streberin genannt und sie mit anonymen Telefonanrufen belästigt, dass sie nicht so viel lernen und sich schöner machen soll – oder so was. Sie wollte die zwei Leute, die ihr Leben kaputt gemacht haben, einfach auslöschen."

„Auslöschen …", wiederholte Herr Schneider.

„Dann kann sie ruhiger leben, hat sie gesagt." Tobias seufzte und sah auf die Hände auf seinen Knien.

„Frau Decker behauptet, Sie hätten noch mehr Morde geplant, Sie wollten noch die Personen töten, von denen Sie geärgert worden sind."

„Was?! Nein … wie kommt sie darauf?" Tobias vergrub den Kopf in seinen Händen.

„Sie meint auch, dass Sie ihr gedroht haben, ihr etwas anzutun, wenn sie sich von Ihnen trennen sollte. Sie möchte eine einstweilige Verfügung gegen Sie erreichen." Tobias hatte seine Hände von seinem Gesicht genommen und schlug sie wütend auf den Tisch.

„Diese widerliche Hure!" Er wischte sich mit einer Hand über die Stirn. „Und was ist eine … eine ein … eine Verfügung?"

„Ein Kontaktverbot."

Tobias sank in sich zusammen. „Der Teufel soll sie holen … dieses Drecksweib", hörte man ihn vor sich hin wispern.

„Stimmt das, dass Sie ihr mit Mord gedroht haben?"

„Natürlich nicht", schrie Tobias und sagte dann leiser: „Aber was hilft's. Sie glauben mir ja eh nicht. Kann ich jetzt einen Anwalt haben?"

Herr Schneider nickte. „Ich nehme Sie jetzt fest für den

Mord an Torben Bachmann und den versuchten Mord an Hermann Schepers. Sie haben das Recht zu schweigen, das heißt, es steht Ihnen nach dem Gesetz frei, sich zu der Beschuldigung zu äußern oder nicht zur Sache auszusagen."

Im anderen Vernehmungsraum wurde Marion mit vollendeten Tatsachen konfrontiert. „Auf Grund der Auswertung der Aufnahme des Privatdetektivs Rautenberg, der Aussagen von Herrn Tobias Winter und wegen Ihres eigenen Geständnisses, dass Herr Winter die Personen Hermann Schepers und Torben Bachmann ermorden sollte, nehme ich Sie fest." Frau Anker nahm die Handschellen von ihrem Hosenbund. „Sie haben das Recht zu schweigen …"
„Aber das war doch nur ein Witz!" Tränen liefen über Marions Wangen, als ihre Hände hinter dem Rücken gefesselt wurden.
„Über so etwas macht man keine Witze. Außerdem haben wir mit Herrn Rautenbergs Aufzeichnung einen Beweis, dass Sie mehr involviert waren, als Sie zugeben."

Kapitel 19

Am darauffolgenden Montag klopfte Fumi an den Türstock von Felix' offener Bürotür, um ihn nicht zu erschrecken, worauf er sich zu ihr umdrehte. „Du siehst irgendwie glücklich aus, deinem Lächeln nach zu urteilen", bemerkte er.
Sie nickte. „Wir haben es geschafft. Marion Decker und Tobias Winter sind festgenommen. Beide haben gestanden – Marion hat in der Untersuchungszelle sogar ein volles Geständnis geschrieben. Sie wollte es anfänglich so hindrehen,

dass die beiden Auftragsmorde nur eine beiläufige Bemerkung waren. Die DNA von Tobias – er hat gestern eine Speichelprobe abgegeben - , stimmt zu 99,99 Prozent mit der DNA von beiden Tatorten überein."

„Wow, super!"

„Sollen wir mit Cappuccino auf unseren Erfolg anstoßen?" Fumi wippte erwartungsvoll mit dem Knie.

Felix überlegte einen Augenblick. „Warum nicht größer feiern? Beim Italiener in der Hartleiterstraße gibt's guten Wein."

„Da … sag ich doch nicht nein. Ich lade dich ein."

„Nein, das geht auf mich."

Fumi wurde es heiß. „Nee, dann machen wir lieber Hälfte-Hälfte", sagte sie hastig. „Frau Schepers' Geld steht schließlich uns beiden zu."

Da die Uhr schon sechs Uhr geschlagen hatte, entschieden sie sich, Feierabend zu machen und mit Schirmen bewaffnet direkt zum Restaurant zu gehen. Der Sommer machte nach dem wettertechnisch herrlichem Bade-Wochenende wieder Pause, es schüttete wie aus Kübeln.

Noch befanden sich wenige Gäste im Lokal. „Dann erzähl", drängte Felix, während er den Primitivo-Wein vom dunkelhaarigen Kellner entgegennahm.

„Also, eine Polizistin namens Anker hat mich angerufen – nicht die, die auf Streife war und die beiden mit uns verfolgt hat, eine andere, die dort auf der Wache arbeitet. Mit der hatte ich schon so oft zu tun, so dass ich sie irgendwie als gute Bekannte betrachte." Fumi nahm ein Stück Weißbrot aus dem Korb zwischen ihnen. „Sie hat mir erzählt, dass sie beide getrennt verhört haben. Marion hat versucht, Tobias als den einzigen Bösewicht hinzustellen. Er hätte angeblich wissen wollen, wie es ist, einen Menschen umzulegen. Sie hätte darauf gesagt, er soll doch dann Leute auswählen, die sie nicht mag. Und er hätte dann entschieden, zuerst den Torben Bachmann und darauf den Herrn Schepers umzubringen. Dann hätte er geplant, die Leute anzugreifen, die *er* hasst, was er leugnet. Er hätte das nie vorgehabt, was ich ihm fast glaube."

Felix kniff die Augen zusammen. „Soweit ich mich erinnern kann, hat Marion gesagt, wenn alles vorbei ist – und sie hat gemeint, ‚vielleicht helf ich ihm auch mal, wenn er Hilfe braucht.‘"

„Eben", nickte Fumi. „Das hört sich nicht so an, als ob er weitermorden wollte. Er ist ausschließlich für sie kriminell geworden."

„Aber warum? Was kam denn für ihn dabei raus?"

„Sex und Geld, soweit ich es verstanden habe. Sie hat versprochen, ihm die Hälfte des Erlöses vom Verkauf ihres Hauses in Glattfelden zukommen zu lassen."

Felix runzelte die Stirn. „Ihre Mutter lebt doch noch. Hat sie der Marion diese Immobilie schon geschenkt? Erben wird sie's doch erst, wenn die Mutter stirbt. Wollte sie die vielleicht auch noch um die Ecke bringen?"

„Davon hab ich nichts gehört. Es war wohl nur eine Lüge, um Tobias als Killer zu ködern. Außerdem scheint Tobias ja Lernschwierigkeiten zu haben, das heißt, er ist sich über die möglichen Folgen seines Tuns nicht so bewusst."

„Pfff", pustete Felix. „Ziemlich krass. Und das einzige Motiv war, dass Marion von beiden Opfern gemobbt worden ist? Erscheint mir irgendwie nicht so ganz plausibel."

„Es gibt die seltsamsten Mordmotive. Marion meint, das Ausgegrenzt-werden hätte sie zur Alkoholikerin gemacht. Sonst wäre sie gesund und hätte ein schönes Leben." Eine Bedienung kam an den Tisch und stellte mit einem gehauchten „Prego" eine Pizza Vier-Jahreszeiten vor Fumi und eine Pizza Diavolo vor Felix.

„Als Hermann Schepers als Fuhrpark-Leiter in der Firma aufgetaucht ist, wo Marion gearbeitet hat, ist wohl das alte Trauma wieder hochgekommen. Und ganz wie früher hat er sie wieder Kanaken-Krähe oder so genannt – und die Kollegin an der Rezeption hat mitgemacht, weil die wohl keine Leute mit Migrationshintergrund in Deutschland haben will." Fumi führte ihre Gabel zum Mund und biss in das abgeschnittene Stück Pizza. „Und dann …" – sieh hielt sich die Hand vor den Mund, während sie kaute und schluckte – „und dann kam erst der Rückfall in den Alkohol und als nächstes der Plan, die beiden schlimmsten Quälgeister ihres Lebens zu ermorden."

„Ja, das mit den Leuten, die aus anderen Ländern kommen, ist natürlich ein ewiges Thema. Aber ist sie nicht zur Hälfte Deutsch, die Mutter ist doch Deutsche?"

„Das ist für den ausländerfeindlichen Teil der Bevölkerung doch egal. Die Deutschen sollen zu hundert Prozent Deutsch sein, nicht nur fünfzig Prozent, obwohl es das wohl in der Realität nicht gibt."

„Das gibt es nicht?"

„Komm, meinst du, dass alle deine Vorfahren in den letzten zehntausend Jahren oder so Deutsche waren?" Fumi legte die Stirn in Falten.

Felix hob die Augenbrauen. „Dann waren sie wohl Bayern, Preußen oder Franken – oder Sachsen? Deutschland gab es ja früher nicht."

„Das natürlich auch, doch was ich meine ist, dass es eine absolut reine Rasse nicht gibt. Eine Freundin von mir hat einen Ancestry-Test gemacht – also, eine Firma in den USA untersucht deine Gene, wenn du ihnen 'ne Speichelprobe sendest – und dabei ist rausgekommen, dass sie zu 83 Prozent Deutsche ist, sonst hat sie norditalienische, holländische und sonst noch irgendwelche europäischen Gene – und sogar asiatische aus dem ganz östlichen Sibirien."

„Ach so, jetzt verstehe ich." Felix griff sich ans Kinn und nickte. „Vielleicht sollte man alle rechtsextremen Deutschen zum Gentest schicken?" Er presste grinsend die Lippen aufeinander.

„Wäre ‛ne gute Idee", gluckste Fumi und nippte an ihrem Wein. „Wer weiß, vielleicht gibt es hundert Prozent Japaner wegen der langen Abschottung des Landes, aber ich glaube, dass man da auch viel koreanischen oder chinesischen Einfluss finden kann."

„Vielleicht. Aber zurück zu Marion und Tobias: Wie sind die Morde denn genau abgelaufen? Hat Marion das in ihrer Beichte auch geschrieben?"

„Ja, in der Tat – mit allen Details", sagte Fumi und sägte mit dem scharfen Messer ein Dreieck aus ihrer Pizza. „Bei Torben Bachmann war es so: Marion muss irgendwie über Social Media herausgefunden haben, dass er dort im Schleißheimer Schlosspark arbeitet. Darauf sind sie dort spazieren gegangen, um das zu verifizieren. Und schließlich hat Tobias ihn allein angesprochen. Ihr – in Anführungszeichen - ‚Glück' war, dass Torben an Drogen interessiert schien und mit Tobias gedealt hat. Als Tobias ihm die Drogen gebracht hat, wurde Torben von Tobias Bier angeboten. Das Bier in der Flasche von Torben war mit Belladonna und Fliegenpilz versetzt."

„Wenn Torben diesen Tobias als komischen Typen gesehen und ihn weggeschickt hätte wie einen nervigen Bettler, wäre er dann nicht ermordet worden?" Felix führte sein Weinglas zum Mund.

„Es wäre zumindest nicht so einfach gewesen. Dann hätten sie sich wohl was anderes einfallen lassen müssen.

„Und wie war es bei Hermann Schepers?"

„Genauso wie es uns Frau Schepers erzählt hat. Tobias wurde von Marion aufgehetzt, Herrn Schepers' Garage, also ich meine den Boden und einen Teil der Wände, bei einem vorgeschobenen Reparaturbesuch mit Öl zu bespritzen, mit seinem Feuerzeug anzuzünden und ihn darin festzuhalten. Da sie das Haus so gut kannte, wusste sie, wie man jemanden effektiv dort einsperren kann. Anscheinend war sie manchmal mit ihren Freundinnen bei Edmund zu Besuch, mit dem sie sich besser verstanden hat. Tobias hat außerdem mit Kreide auf den Boden geschrieben: `Mei, bist du greislich.` Ein paar Straßen weiter hat Marion im weißen Suzuki von Ernst gewartet, also auf die SMS von Tobias, dass alles fertig ist, und ist dann um die Ecke gerast, um Tobias einsteigen zu lassen."

„Aha, Ernst hat ´n Auto", murmelte Felix. „Und der Toyota? Von wem war der?"

„Das muss Tobias' Rostlaube gewesen sein. Die Nummernschilder waren gestohlen, wie wir ja schon erfahren haben. Marion hat Tobias versprochen, ihm als Belohnung einen neuen, schicken Wagen zu kaufen", erläuterte Fumi. Felix verdrehte die Augen. „Der Typ ist schon sehr naiv." Ein paar Sekunden widmeten sich beide schweigend ihren Pizzen. „Zwei Morde wegen Marions Rachegefühlen", sagte Felix schließlich kopfschüttelnd. Wenn der Mörder seiner Schwester nur auch ein schriftliches Geständnis ablegen würde.

„Bist du früher gehänselt worden – von deinen Klassenkameraden?", fragte Fumi.

„Nein, eigentlich nicht." Felix kniff die Augen zusammen und schien nachzudenken. „Wir hatten eine in der Klasse, die nicht sehr beliebt war. Die haben eher *wir* gemobbt. Sie war ´n bisschen arrogant, weil sie so schlau war."

„Wie meinst du schlau? Du meinst, sie hatte gute Noten?"

„Mmh", nickte Felix. „Die war ´ne Streberin."

„War sie jetzt eine Streberin oder war sie intelligent?"

„Das is´ doch egal", antwortete Felix mit vollem Mund.

„Das ist nicht egal. Wenn du sagst, sie war Streberin, dann hat sie viel gelernt. Wenn sie schlau war – ich vermute, du meinst, sie war intelligent -, also, wenn sie intelligent war, dann hatte sie gute Noten, ohne, dass sie viel gelernt hat." Fumi legte Messer und Gabel zu beiden Seiten des Tellers. „Eigentlich wäre doch interessant, wie man Streber definiert. Was ist das für dich - ein Streber?"

„Vielleicht jemand, der immer der erste sein will, und auch vor Intrigen nicht zurückschreckt", meinte Felix.

„Und die Streberin in deiner Klasse, war die so?"

„Nee, die hatte nur die besten Noten von uns allen," mümmelte Felix mit vollem Mund.

„Siehst du, Streber ist ein schwammiger Begriff. Ich wurde übrigens auch Streberin genannt."

„Echt? Warst du so gut in der Schule?" Felix hob die Augenbrauen.

„Nur in einigen Fächern, wie in Chemie, Biologie und Deutsch. Eigentlich alles, was mir jetzt in meinem Beruf hilft. Und meine japanische Mutter hat natürlich immer gut darauf aufgepasst, dass ich gut lerne. Auf Japanisch nennt man das ‚kyoiku mama', auf Deutsch ‚Erziehungsmama'. Dies ist bei einigen Klassenkameraden natürlich nicht gut angekommen." Fumi nahm das Besteck wieder auf und schnitt ein weiteres Stück von ihrer Pizza ab.

„Das passt zum Klischee über Japan", nickte Felix. „Okay, Chemie oder Biologie versteh ich, das ist nützlich, um Spuren auszuwerten, aber Deutsch? Warum ist Deutsch nützlich für die Arbeit als Privatdetektiv?"

„Man muss in unserem Berufsfeld Geschichten gut entschlüsseln können. Außerdem gab es in diesem Schulfach auch den einen oder anderen Krimi zu lesen, wie zum Beispiel ‚Fräulein Scuderi' von E.T.A. Hoffmann", grinste Fumi.

„Stimmt, den mussten wir auch lesen", lachte Felix. „Wer

war noch mal der Mörder? Der Juwelier selbst, weil er seine Goldschmiede-Arbeiten nicht loslassen konnte?"

„Genau, zuerst hat er sie verkauft und dann wieder zurückgeholt, indem er die Käufer umgebracht hat." Fumi kicherte.

„Aber nochmal zurück zu dem Begriff Streber. Die anderen in der Klasse haben Streber zu mir gesagt, weil ich einerseits Einser in einigen Fächern hatte und andererseits überangepasst war. Wenn man immer alles tut, was die Lehrer sagen, macht einem das auch nicht beliebt, vor allem nicht bei den Bad Boys."

„Echt? Da würde ich einfach nur sagen, ja was … , einfach brav? Ich würde das nicht Streber nennen." Felix schürzte die Lippen.

„Jeder scheint den Begriff etwas anders zu definieren. Was er gemein hat, ist eine gewisse Art von Abwertung jemanden gegenüber, der bessere Leistungen vollbringt."

„Jetzt fällt mir was ein." Felix schnalzte mit der Zunge. „Dieser Torben Bachmann, das eine Opfer von Tobias und Marion, hätte jeden Streber genannt, der vom Chef gelobt wurde."

„Das war auch eines der Motive. Frau Anker hat mir erzählt, dass Marion in ihrem Geständnis versucht, ihre Taten zu rechtfertigen. Torben Bachmann muss zum Beispiel dahinter gesteckt haben, als Marion einen anonymen Anruf bekam, indem ihr mitgeteilt wurde, dass sie weniger lernen und mehr Zeit darauf verwenden soll, sich hübscher zu machen, weil sie nämlich eine hässliche Streberin sei – oder so ähnlich. Einen Tag später musste sie ins Krankenhaus wegen Alkoholvergiftung."

„Das ist in der Tat nicht besonders nett", nickte Felix. „Aber wenn es ein anonymer Anruf war, woher wusste sie, dass es mit Torben Bachmann zu tun hatte?"

„Er muss ihr das auch mitten ins Gesicht gesagt haben, also immer, wenn sie eine gute Note rausbekommen hat. Nur die Stimme am Telefon hat sie nicht erkannt, deshalb anonym. Er muss eine Freundin beauftragt haben, sie anzurufen und zu belästigen."

„Und das rechtfertigt Mord?"

„Das ist ja das Schlimme: Sie macht die beiden Opfer für ihre Alkoholsucht und die Folgen, die draus entstanden sind, verantwortlich. Deshalb wurden beide angegriffen. Hermann Schepers muss sie ständig greislich genannt und dazu rassistische Kommentare losgelassen haben ...Tja, und sein Pech war, dass er Marion bei der Arbeit wieder getroffen hat."

„Und wieder gemein zu ihr war", vergewisserte sich Felix.

„Genau. Das ist etwas, was ich nicht verstehe. Ich meine, Jungs in der Pubertät sind von Natur aus nicht die nettesten Menschen ..."

„Mädchen in dem Alter auch nicht", unterbrach Felix.

„Ja, natürlich, also Teenager allgemein sind keine Engel, aber im Alter von ungefähr vierzig Jahren sollte man doch reifer sein und davon absehen, andere Menschen so gemein abzuwerten."

„Wie wir ja von verschiedenen Leuten gehört haben, war – oder besser gesagt - ist Herman Schepers sicher kein Gutmensch", warf Felix ein.

„Ein ziemliches Arschloch, könnte man sagen", flüsterte Fumi.

„Aber so hässlich ist sie doch gar nicht", sagte Felix. „Wenn sie nicht so ausgemergelt wäre ..."

„Ich glaube, manchen Jungen – und leider auch Männern - macht es einfach Spaß, intelligente Vertreterinnen des weiblichen Geschlechts niederzumachen. Im Falle Schepers muss er mal die Reifen an den Fahrrädern von Marion und ihren Freundinnen gelockert haben. Sie hat's nicht gemerkt, ist als einzige damit hingefallen und hat sich Prellungen und Schürfwunden zugezogen. Noch in derselben Nacht wurde sie wieder mit einer Alkoholvergiftung in die Klinik gebracht. Diese Bewältigungsstrategie hat sie anscheinend von ihrem deutschen Großvater mütterlicherseits gelernt, der ihr geraten hatte, den Schmerz einfach wegzusaufen, so wie er es gemacht hat. Leider hat sie anders als er eine Tendenz zur Alkoholsucht. Sie kann also nicht mehr aufhören, wenn sie mal angefangen hat."

„Und dafür macht sie die beiden Opfer verantwortlich?" Felix schüttelte den Kopf.

„Ich kann ihren Schmerz verstehen – ich musste in der Schule ähnliche Sachen durchstehen, ich kann mich auch an einen anonymen Brief erinnern, wo mir prophezeit wurde, dass ich als hässliche Japsen-Tussi nie einen Mann abbekommen würde …"

„Du?" Felix schüttelte den Kopf. „Ich würde sagen, die hatten keinen Geschmack."

Fumi stockte. Hoffentlich gab es keine körperlichen Anzeichen für die enorme Hitze, die ihr in den Kopf gestiegen war. „Also wo war ich? … Also, ich kann ihren Ärger verstehen, aber das sollte kein Grund sein, sich für einen Mord zu entscheiden." Sie verstummte, als in ihr wie aus dem Nichts der Gedanke hochkam, wie es wohl wäre, wenn sie Frank, den super-widerlichen Frank aus ihrer Klasse auch in die ewigen Jagdgründe schicken würde … Sie atmete tief ein und aus, um den Gedanken zu verscheuchen.

„Nein, sowas sollte man wirklich nicht tun", sagte sie mehr zu sich selbst als zu Felix.

„Ist was?" Felix sah sie besorgt an.

„Nein, ich meine, wenn alle gemobbten Mädchen beziehungsweise Frauen ihre Peiniger umbrächten, wo kämen wir dahin?" Sie setzte sich aufrecht hin. „Marion hätte diese Energie auch in gute Werke stecken können, was weiß ich, helfen, Schulen für Mädchen in Afghanistan zu bauen oder sich in einem deutschen oder japanischen Frauenverband

176

zu engagieren."

„Und in der Firma hätte sie sicher zur Personalabteilung gehen und um eine Versetzung bitten können. Sie hat mir erzählt, dass es noch eine Rezeption in der Firma gab", sagte Felix.

Fumi hob die Schultern als Zeichen, dass sie dies ebenfalls als bessere Lebensentscheidung erachtet hätte.

„In der Fernsehserie Big Bang Theory sieht man jedoch, dass dies nicht nur auf Mädchen beschränkt ist. Die Männer in der Serie waren ja auch gemobbt worden, weil sie in der Schule hervorragende Leistungen in Physik gezeigt hatten. Die, die rausstechen, müssen den Neid der anderen aushalten." Felix zerknautschte eine Scheibe Weißbrot mit Daumen und Zeigefinger.

„Das hab ich mir auch gedacht und diese Serie hat ein bisschen was in mir geheilt", nickte Fumi. „Bei mir ist es auch so gewesen: In der Schule war ich unglücklich und im Studium - ich hab mich im Fach Jura auf Kriminologie spezialisiert, also an der Uni hab ich sofort Freunde gefunden und mich bei denen wohl gefühlt. Trotzdem .. auch in der Serie sieht man ein altbekanntes Muster: Amy, die Intelligente ist nicht besonders attraktiv, und Penny, die Schöne, ist nicht besonders helle."

Felix grinste. „Vielleicht ist es auch ein bisschen hart, sich vorzustellen, dass jemand alles hat: Schönheit und Intelligenz. Wenn du einen sehr gutaussehenden Mann siehst, dann hältst du ihn auch nicht gleich für Einstein, oder?" Er trank den letzten Schluck des Primitivo.

„Nee, eigentlich nicht", lachte Fumi.

„Ich kann mich an eine Hautärztin erinnern, zu der ich einmal gegangen bin", sagte Felix. „Sie sah aus wie ein Fotomodell, blond, schlank, groß, super geschminkt, und mein erster Gedanke war: Ist die auch wirklich kompetent?"

„Und war sie's?"

„Die Salbe hat gegen den Ausschlag geholfen." Felix zuckte mit den Schultern.

„Siehst du, sowas gibt es, Intelligenz mit Schönheit kombiniert. Vielleicht wird sich dieses Klischee von den dummen, schönen versus den hässlichen, intelligenten Frauen auch irgendwann in Luft auflösen, wie das mit dem Spruch ‚Frauen am Steuer'. Das sagt heute doch auch keiner mehr," sagte Fumi.

„Vielleicht sollte das Thema Mobbing in Schulen mehr Aufmerksamkeit in der Gesellschaft erfahren", meinte Felix nachdenklich. „Die meisten nehmen das nicht besonders ernst, doch es scheint ja manchmal schlimme Konsequenzen zu haben."

„Da hat sich in den letzten Jahren schon einiges getan, es müsste jedoch noch mehr thematisiert werden. Vielleicht sollte es nicht nur eine Me-too-Bewegung für sexuell belästigte Frauen geben, sondern auch für Frauen, die in ihrer Schulzeit hässlich genannt wurden", sagte Fumi. „Apropos sexuell belästigt, natürlich kannst du dir bei meinem Namen auch denken, was sie sonst zu mir gesagt haben?"

„Nein, was haben sie gesagt?", fragte Felix mit ernstem Gesicht. Fumi war sich nicht sicher, ob er nur taktvoll sein wollte oder ob ihm wirklich keine schmutzige Assoziation zu ihrem Vornamen einfiel.

„Na, Fumi, darf ich dich befummeln, natürlich!"

„Was?!" Felix Oberkörper zuckte nach hinten. „Und die Lehrer und Lehrerinnen haben das durchgehen lassen? Oder haben sie es nur außerhalb der Hörweite von denen gesagt?"

„Nein, die haben das schon gehört. Aber das war früher kein Thema, normale Teenager-Neckereien halt. Die Lehrerschaft hat sich da nicht eingemischt."

„Oh je, du Arme." Felix lehnte sich vor und klopfte mitfüh-

178

lend auf Fumis Oberarm, was sie unmerklich zusammenzucken ließ. Jegliche Berührung von Felix' Seite löste ein regelrechtes Feuerwerk an angenehmen Gefühlen bei ihr aus.

„Dass … ähm, dass viele Sex-Touristen in asiatische Länder reisen, hilft da natürlich auch nicht, also ich meine … , damit so ein Mädchen, das ausschaut wie ich, Respekt von den Jungs bekommt." Fumi fühlte sich äußerlich unbehaglich, während sie leise stotternd diesen Satz formulierte.

„Stimmt. Da kannst du dich vor allem bei Thailand bedanken, doch ich habe gehört, dass es auch weiblichen Sex-Tourismus in Afrika gibt. Das macht die afrikanischen Männer dann zum Sex-Objekt."

„Echt? Das habe ich nicht gewusst." Fumi schüttelte den Kopf.

„Doch, doch, das gibt es", nickte Felix. „Irgendwie ist es auch ein seltsamer Zufall, dass ausgerechnet du als Japanerin eine halbjapanische Mörderin aufdeckst."

„Vielleicht sollte es so sein. Ich wünschte, ich hätte sie getroffen, bevor sie diese dummen Entscheidungen gefällt hat. Aufgrund dieses gemeinsamen Hintergrunds hätten wir uns beide unterstützen und stärken können." Fumi seufzte.

„Das hätte schon sein können, doch hättest du sie wirklich vom Trinken abhalten können? Alkoholismus ist eine Krankheit, mit der man umgehen muss. Suchtdruck ist eine ungemein starke Kraft." Um seine Aussage zu unterstreichen, klopfte Felix mit der Gabel auf die Pizza.

„Das schon, aber wenn sie nicht retraumatisiert worden wäre – oder wie man das nennt - , dann hätte sie vielleicht nicht wieder mit dem Saufen angefangen. So ein bisschen kann ich Sucht schon verstehen. Ich brauche zum Beispiel immer Schokolade, wenn's mir schlecht geht."

„Dann geht's dir entweder nicht besonders oft schlecht oder du hast einen guten Stoffwechsel", lachte Felix. „Auf jeden Fall sieht man dir deine Schokoladensucht nicht an.

„Bitte fang nicht wieder mit dem ,Du bist so schlank-Gelabere' an. Das nervt mich auch schon seit meiner Schulzeit." Fumi sah an sich herunter. Ihr Körperbau war typisch japanisch, zierlich, schlank und mit kleinem Busen.

„Echt, ich dachte, das sehen Frauen als Kompliment."

„Nicht alle, ich würde gern zunehmen." Sie hätte gerne mehr weibliche Rundungen, doch nicht einmal hochkalorische Astronautennahrung hatte etwas gebracht. So hatte sie mit einer Therapeutin erarbeitet, welche Körperteile besonders attraktiv an ihr waren und wie sie diese betonen konnte. Traditionell wusste sie von ihrer Mutter, dass Japanerinnen im Kimono vor allem mit ihrem schönen Nacken punkteten. Deshalb trug sie die Haare manchmal im Pferdeschwanz gebunden, manchmal im Dutt hochgesteckt, und vermied Blusen mit Kragen, seitdem sich ihre Faszination für Felix entwickelte hatte.

„Welche Strafe werden die beiden wohl bekommen?", fuhr Felix fort.

„Mindestens 15 Jahre für Mord, vielleicht auch eine anschließende Sicherheitsverwahrung." Fumi war froh über den Themenwechsel. „Möglicherweise wird Marion wegen ihren Suchtkrankheiten für schuldunfähig erklärt. Bei Tobias könnte die Verteidigung etwas wegen der geistigen Beschränktheit vorbringen. Marion soll sogar eine Borderline-Diagnose haben. Wahrscheinlich hat sie körperlichen Missbrauch erfahren, denn der mittlerweile verstorbene Großvater hatte einen Eintrag im Führungszeugnis, weil er seine Frau geschlagen hat. Was auch immer, vielleicht landen beide lange Zeit in der geschlossenen Psychiatrie, aber alles hängt von den Richtern und Anwälten ab, die sie bekommen."

„Und hast du was von Hermann Schepers gehört?", fragte Felix.

„Da gibt es gute Nachrichten. Er ist von dem künstlichen

Koma aufgewacht, in das er versetzt worden ist. Er wird überleben – die Ärzte waren ja zuerst skeptisch -, mit vielen Narben, Hauttransplanten und weniger Fingern. Drei Finger konnten sie nicht retten. Deshalb wird er wohl arbeitsunfähig für seinen Job - ich hoffe, er findet etwas anderes.“ Fumi starrte auf den gemalten italienischen Hafen an der Wand. „Marion hat in ihrem Geständnis übrigens geschrieben, sie freut sich, dass Hermann jetzt greislich ist – so lange er lebt.“

„Und dafür geht sie jahrelang in den Knast. War's das wirklich wert?“ Felix presste die Lippen aufeinander.

„Die Moral von jedem Verbrechen ist, dass es wesentlich sinnvoller ist, seine Racheenergie dahin umzulenken, etwas Gutes zu vollbringen. Eine Jüdin im Fernsehen habe ich mal sagen hören: Die beste Rache ist ein glückliches, gelungenes Leben.“

„So wie du“, lächelte Felix. „Du hast dich auf die Bekämpfung von Verbrechen spezialisiert, damit die Gesellschaft sicherer wird. Du hättest dich auch auf die dunkle Seite schlagen können, nach allem, was dir in der Schule passiert ist, so wie Marion.“

„Zum Glück hab ich keinen Hang zur Alkoholkrankheit wie Marion, ein Glas Wein und mir ist so schwindlig, dass ich aufhören muss.“ Fumi deutete auf ihr leeres Weinglas. Und außerdem konnte sie gehässige Gedanken leicht verscheuchen… „Trotzdem … Marion hätte auch anders damit umgehen können. Zu einem gewissen Teil sind es unsere Entscheidungen, die unser Leben ausmachen.“

„Sie hat mir erzählt, dass sie den Anonymen Alkoholikern beigetreten ist, dann ist sie zu einer Selbsthilfegruppe gewechselt, die kontrolliertes Trinken propagiert, so drei Halbe Bier in der Woche oder so. Das hätte sie lange durchgehalten, irgendwann jedoch ist sie eingeknickt.“

„Das war wohl das Verhängnis. Ich glaube, es gibt sehr wenige Alkoholiker, die kontrolliert trinken können."

„Wie auch immer, freuen wir uns, dass wir Wein genießen können. Du willst nicht noch einen?" Felix zwinkerte ihr zu.

„Mir ist eher nach einem Dessert, ich liebe Tiramisu, - mit Schokolade."

Felix drehte sich um. „Entschuldigung, bitte bringen Sie ein Tiramisu mit zwei Löffeln", sagte er. Dann wandte er sich wieder Fumi zu. „Weißt du eigentlich, was das englische ‚just deserts' bedeutet?"

„Nur Nachspeisen?", riet Fumi mit hochgezogenen Augenbrauen.

„Nein, das schreibt man mit einem s."

„Nur Wüsten – oder gerechte Wüsten?!"

„Nein, das kommt von ‚just deserved'. Man bekommt genau das, was man verdient. Marion und Tobias bekommen jetzt das, was sie verdienen."

„Weil Marion dachte, dass Hermann und Torben ihre Rache verdient haben." Fumi starrte auf die Tischdecke und schüttelte den Kopf. „Und dafür geht sie jetzt jahrelang in den Knast."

Epilog

Marion wurde tatsächlich erst in eine überwachte Entzugsklinik und dann in die geschlossene Psychiatrie eingewiesen. Ihr Prozess fand erst im Oktober statt. Meistens saß sie tagsüber auf ihrem Bett und träumte von Felix, der sie bestimmt bald besuchen kommen würde. In Wirklichkeit hatte er sie nie verraten wollen. Das musste ein Missverständnis sein. Vielleicht wollte er ihr in Wirklichkeit helfen, doch die doofe Privatdetektivin hatte ihnen einen Strich durch die Rechnung gemacht. Zuerst hatte er wohl versucht, sie zu entlarven, doch je besser er sie kennenlernte, desto mehr musste er sich in sie verliebt haben. So war es bestimmt. Sie versuchte diese Vermutung ihrer Zimmernachbarin zu vermitteln, die wegen einer akuten Psychose stationär behandelt wurde. Das Jugendamt hatte deren Enkel in eine Pflegefamilie gesteckt, weil ihre Tochter es versäumt hatte, mit ihm wegen einer gebrochenen Schulter zum Arzt zu gehen. Daraufhin war die Großmutter paranoid geworden. Als ehemalige DDR-Bürgerin sah sie in jedem Menschen einen Stasi-Agenten und agierte dies mehrmals handgreiflich aus. So hatte sie die für ihren Enkel zuständige Sozialarbeiterin einmal am Hals gepackt und gewürgt. Eine ungeheure Ladung Psychopharmaka hatte sie wieder in die Wirklichkeit zurückgeholt. Sie hörte Marions Schwärmereien zwar geduldig zu, zeigte jedoch nicht das erwartete Verständnis. „Du hast auch eine Psychose, komm, der Typ hat dich ans Messer geliefert. Der will nichts von dir", erklärte sie Marion wiederholt. Darauf legte sich Marion jedes Mal zur Seite und weinte lautlos in ihr Kopfkissen.

Tobias musste zwar ebenso für kurze Zeit in eine Entzugsklinik, doch danach kam er in Untersuchungshaft. Auch er lag die meiste Zeit in seiner Zelle in Stadelheim auf dem Bett, starrte an die Decke – und träumte von Marion. Auch er konnte nicht glauben, dass seine Fantasien über diese Frau nicht der Realität entsprachen. Jeden Tag erwartete er sehnsüchtig die Post, es verzehrte ihn nach einem Lebenszeichen von ihr, doch es kamen nur Briefe von seinem Anwalt und Ernst, der versuchte, ihn aufzumuntern. Aus

den Schreiben erfuhr Tobias, dass Ernst ebenfalls eine An-
klage drohte, weil er das Fluchtauto im Fall Hermann Schepers gestellt hatte.

Felix und Fumi waren ein Paar geworden. Anfangs hiel-
ten sie es beide für schwierig, sich dem anderen zu offenba-
ren – Felix fand es unschicklich, sich einer Vorgesetzten an-
zunähern, Fumi wollte Felix nicht die Freiheit nehmen, eine
jüngere Frau zu finden. So schwänzelten sie beide tagelang
umeinander herum, mit verstohlenen Blicken und geheim-
nisvollen Andeutungen, bis Fumi allen Mut zusammen-
nahm und ihm erklärte, dass es wohl besser wäre, wenn er
sich für den Rest seiner Ausbildung eine andere Detektei
suchen würde, denn sie hatte sich unangemessenerweise in
ihn verliebt. Womöglich würde das die Qualität ihrer Arbeit gefährden. Außerdem hätte sie Angst, dass sie den
Wunsch nicht mehr lange unterdrücken könne, ihn anzu-
fassen – und genauso wie Frauen sollten auch Männer keine
sexuellen Grenzüberschreitungen erfahren. Daraufhin
hatte Felix erst verschämt gelacht – sie dann in seine Arme
genommen, ihr leise „Mir geht es genauso" ins Ohr geraunt
und sie leidenschaftlich geküsst.

Der Wind wehte sanft und blies die allerersten Vorboten
des Herbstes durch die Lüfte. Ein Blatt verfing sich in Fumis
Haar. Felix, der neben ihr auf einer Picknickdecke saß, zog
es sanft heraus und ließ es durch seinen Atemhauch in Richtung Wasser fliegen. Fumi, die sich bis jetzt im Bikini lie-
gend gesonnt hatte, setzte sich auf. Anders als ihre Cousi-
nen in Japan, die die Sonne mieden wie der Teufel das
Weihwasser, um so weiß wie eine sprichwörtliche Geisha
zu bleiben, liebte sie die Sonne und gebräunte Haut. „Warum wir heute hier sind? Gehen Detektive wie Verbrecher

zu ihrem Tatort zurück, an dem sie die Kriminellen gestellt haben?" Sie schürzte die Lippen.

„Vielleicht." Felix zuckte mit den Schultern. „Ich finde es auf alle Fälle einen Ort, an dem man glücklich sein kann." Er nahm sie in die Arme, drückte ihr kurz einen Kuss auf die Wange, ließ sie wieder los und betrachtete dann auf seine beiden Ellbogen gestützt das blauseidene Wasser des Sees. „Glücklich und zufrieden, bevor morgen wieder die Arbeit losgeht", nickte sie und fühlte sich wahrhaft glücklich und zufrieden.

„Haben wir schon einen neuen Fall?", fragte er.

„Bis jetzt nicht." Ihr Handy piepte, was eine neue E-Mail in ihrem Arbeits-E-Mail-Account anzeigte. „Oder doch, hier ist eine Anfrage …" Sie studierte den Inhalt der Mail. „Wir sollen einen Sohn von der Beschuldigung des illegalen Drogenbesitzes entlasten."

„Wunderbar. Die Arbeit geht uns jetzt bestimmt nicht mehr aus, nachdem wir eine so gute Google-Bewertung von Frau Schepers bekommen haben", sagte Felix, legte sich längs auf den Rücken und faltete die Hände hinter seinem Kopf.

„Das hoffe ich." Sie legte ihren Kopf an seine Schulter, schlang einen Arm um seine Brust und sog den Duft seiner Haut ein. Der Wind verstummte. Beide nahmen nur noch die Wärme der Sonne und des anderen wahr.